The Chinese Nail Murders

1961

北州县令狄仁杰

高罗佩
大唐狄公案全译（插图本）
黄禄善 | 主编

# 铁针谜案

The Chinese
Nail Murders

〔荷〕高罗佩 著

李会民 译

山西出版传媒集团
北岳文艺出版社
BEIYUE LITERATURE & ART PUBLISHING HOUSE

·太原·

**图书在版编目（CIP）数据**

铁针谜案 /(荷) 高罗佩著 ; 李会民译. — 太原：
北岳文艺出版社，2021.1
（高罗佩·大唐狄公案全译：插图本 / 黄禄善主编）
ISBN 978-7-5378-6321-6

Ⅰ.①铁… Ⅱ.①高… ②李… Ⅲ.①侦探小说—荷
兰—现代 Ⅳ.①I563.45

中国版本图书馆CIP数据核字（2020）第224255号

## 铁针谜案

〔荷〕高罗佩 / 著

李会民 / 译

//

**策　划**

续小强

**项目统筹**

贾晋仁　庞咏平

**责任编辑**

庞咏平

**装帧设计**

萨福書衣坊
SAFU BOOKSTORE
bookd@163.net

**印装监制**

郭　勇

出版发行：山西出版传媒集团·北岳文艺出版社
地址：山西省太原市并州南路57号
邮编：030012
电话：0351-5628696（发行部）　0351-5628688（总编室）
传真：0351-5628680
经销商：新华书店
印刷装订：山西人民印刷有限责任公司

开本：787×1092　1/32
字数：157千字　印张：7.75
版次：2021年1月第1版
印次：2021年3月山西第1次印刷
书号：ISBN 978-7-5378-6321-6
定价：38.00元

# 导　言

## 一

　　20世纪与21世纪之交，西方通俗文学界一个令人瞩目的现象是历史侦探小说（historical detective fiction）的崛起。当时西方的许多主流媒体，如《纽约时报》《华尔街日报》《泰晤士报》《卫报》等等，连篇累牍地报道历史侦探小说获奖的信息，有关小说的介绍、评论汗牛充栋。这些获奖小说的背景多半设置在一个年代久远的古代，中心情节是破解一个与谋杀有关的案件，作者大都为历史学、考古学等专业的学者，爱好文学创作。譬如保罗·多尔蒂（Paul Doherty, 1946—　），当代英国著名历史学家，20世纪80年代末开始历史侦探小说创作，迄今已出版了八十多部以古希腊、古罗马、古埃及和中世纪英格兰为背景的侦探小说，其中《叛逆的幽灵》（*The Treason of the Ghosts*）被《泰晤士报》列为2000年最佳犯罪小说。又如琳达·罗宾逊（Lynda Robinson, 1951—　），毕业于得克萨斯大学考古专业，擅长中东史和美国史研究。她在丈夫的鼓励下进行历史侦探小说创作，处女作《死神谋杀案》（*Murder in the Place of Anubis*, 1994）一问世即荣登"纽约时报畅销书排行榜"，之后创作的十多本小说也一版再版，畅销不衰。再如加里·科比（Gary Corby,

1963— ），澳大利亚历史侦探小说创作新秀，尽管作品数量不算太多，但已是 2008 年"柯南·道尔奖"得主，2010 年问世的《伯里克利政体》（*The Pericles Commission*）更获"内德·凯利奖"（Ned Kelly Award）。凡此种种，正如《出版人周刊》2010 年一篇评论所指出的："过去的十年，历史侦探小说的数量和质量急速发展，以前从未有过如此多的天才作家出版如此多的历史侦探小说，作品涵盖的历史年代和案发地点也从未如此宽泛。"①

　　不过，西方历史侦探小说并非从世纪之交开始。早在 1911 年，在美国作家梅尔维尔·波斯特（Melville Post, 1869—1930）的短篇小说《上帝的天使》（*The Angel of the Lord*）中，就出现过一个古时的业余侦探"阿布勒大叔"（Uncle Abner）。他生活在古老的弗吉尼亚边疆，是个牧场工人，一个和蔼、睿智的中年人。他凭借《圣经》的道德标准和美国的法律精神破案。之后，《上帝的天使》很快被扩充为拥有二十六个故事的侦探小说集《阿布勒大叔：破案高手》（*Uncle Abner, Master Mysteries*, 1918）。到了 1943 年，美国作家利莲·托雷（Lilliande la Torre, 1902—1993）发表了以历史人物塞缪尔·约翰逊（*Samuel Johnson*）为主角的短篇小说《英格兰国玺》（*The Great Seal of England*）。之后，她同样将短篇小说扩充为侦探小说集《萨姆博士：约翰逊侦探》（*Dr. Samuel Johnson, Detector*, 1948）。在这之后，西方历史侦探小说进入高速发展的阶段。英国作家阿加莎·克里斯蒂（Agatha Christie, 1890—1976）出版了以古埃及为背景的长篇历史侦探小说《死亡终局》（*Death Comes as the End*, 1944）。美国作家约翰·卡尔（John Carr, 1906—1977）出版了反映拿破仑战争题材的长篇历史侦探小说《狱中新娘》（*The Bride of Newgate*, 1950）。荷兰外交家、汉学家高罗佩（Robert van Gulik, 1910—1967）推

---

① Lenny Picker. *Mysteries of History*, Publishers Weekly, March 3, 2010

出了基于中国公案小说传统的系列历史侦探小说"狄公案"(Judge Dee series)。这些单本的、系列的历史侦探小说的问世，为当代西方历史侦探小说的全面崛起做了有益的铺垫，尤其是"狄公案小说"，采用长、中、短三种小说形式，数量多达十六卷，在东、西方均产生了持久的轰动效应，被认为是早期西方历史侦探小说的成功"范例"。[①]

"狄公案"历史侦探小说的创作发端于1949年高罗佩的译著《狄公断案精粹》(*Celebrated Cases of Judge Dee*)。故事的主角狄公(Judge Dee)在中国历史上实有其人。他名叫狄仁杰，生活在唐朝(618—907)。他一生为官，两次出任宰相，是所谓的青天大老爷。有关他廉洁自律、为民请命、秉公办案的故事很早就在民间流传。到了清朝末年，一位无名氏将这些民间故事整理成长篇公案小说《武则天四大谜案》(亦名《狄公案》或《狄梁公四大谜案》)。高罗佩在中国任外交官期间，对该书产生了浓厚的兴趣。在进行了详细考据之后，他将其中基本符合西方侦探小说传统的前三十回翻译成英文出版。之后，他开始尝试创作以狄公为主角的历史侦探小说《迷宫谜案》(*The Chinese Maze Murders*, 1952)。小说出版后，极为畅销。从此，高罗佩一发不可收拾，先后接受芝加哥大学出版社及其他图书出版公司的稿约，先后创作了十五卷狄公案历史侦探小说。它们是：《铜钟谜案》(*The Chinese Bell Murders*, 1958)、《黄金谜案》(*The Chinese Gold Murders*, 1959)、《湖滨谜案》(*The Chinese Lake Murders*, 1960)、《铁针谜案》(*The Chinese Nail Murders*, 1961)、《红阁子谜案》(*The Red Pavilion*, 1964)、《朝云观谜案》(*The Haunted Monastery*, 1961)、《御珠谜案》(*The Emperor's Pearl*, 1963)、《漆画屏风谜案》(*The Lacquer Screen*, 1962)、《晨猿·暮虎》(*The Monkey and the Tiger*, 1965)、《柳园图

---

① Carl Rollyson. *Critical Survey of Mystery and Detective Fiction*, Revised Edition. Salem Press, INC, printed in USA, 2008, p.1783.

谜案》(*The Willow Pattern*, 1965)、《广州谜案》(*Murder in Canton*, 1966)、《紫云寺谜案》(*The Phantom of the Temple*, 1966)、《太子棺谜案》(*Judge Dee at Work*, 1967)、《项链·葫芦》(*Necklace and Calabash*, 1967)、《黑狐谜案》(*Poets and Murder*, 1968)。这些"谜案"极受读者喜爱,不断再版、重印,直至2014年,还有麦克法兰图书出版公司(McFarland)的新版本出现。

"狄公案小说"的影响又渐渐从美国、英国、加拿大、澳大利亚、新西兰延伸到法国、德国、西班牙、荷兰、瑞典、芬兰、日本和中国。1982年,甘肃人民出版社率先在中国推出了陈来元、胡明翻译的《四漆屏》(*The Lacquer Screen*)。紧接着,中原农民出版社、北方妇女儿童出版社、北岳文艺出版社、中国电影出版社、海南出版社、贵州大学出版社等也各自推出了这样那样的"狄公案"全译本和节译本。与此同时,各种各样的续集、改写本也不断出现。


二


作为早期西方历史侦探小说创作的一个成功范例,"狄公案小说"展示了这一小说类型的诸多特征。首先,作为侦探小说,"狄公案小说"遵循侦探小说之父爱伦·坡(Allan Poe, 1809—1849)的"破案解谜六步曲",亦即介绍侦探、展示犯罪线索、调查案情、公布调查结果、解释案情发生的原因和经过、罪犯的服输和认罪。其次,作为历史小说,它涵盖了历史小说之父沃尔特·司各特(Walter Scott, 1771—1832)所创立的大部分市场要素,如异国情调、哥特式气氛、英雄主义、骑士精神等等。而且,作者高罗佩本人,也像上面提到的许多当代历史侦探小说的作者一样,是个精通历史、熟悉考古且深谙中国文化艺术的专业人士,所研究的对象是当时并不被看好且有点冷僻的东方文化。

高罗佩，1910年8月9日生于荷兰聚特芬（Zutphen）。父亲是名医生，曾先后两次在荷属东印度（Netherland East Indies, 今印度尼西亚）服役。高罗佩随父母侨居在殖民地，在当地学习汉语、爪哇语和马来语，由此对亚洲文化，尤其是中国文化产生了浓厚的兴趣。1923年，父亲退役，高罗佩随父母回到荷兰，定居在奈梅亨（Nijmegen）。1929年，高罗佩从奈梅亨市立中学毕业，入读莱顿大学，主修东方殖民法律、荷属东印度学以及中日语言文学。之后，他又到乌特勒支大学深造，学习现当代中国史以及藏文和梵文，并以论文《马头明王诸说源流考》（*Hay-agriva, the Mantrayanic Aspect of Horse·cult in China and Japan*）获得东方语言学博士学位。高罗佩的语言天赋和专业能力很快得到了认可。1935年，他被荷兰外交部录用为助理翻译，并被派驻东京任荷兰驻日公使馆二等秘书。1941年太平洋战争爆发，高罗佩与其他同盟国的外交人员一起被遣离日本。1943年3月，他从印度加尔各答来到中国重庆，出任荷兰政府驻重庆大使馆一等秘书。其间，他结识了同在大使馆秘书处工作的中国名媛水世芳。两人结为伉俪，先后育有三子一女。战争结束后，高罗佩离开中国回到海牙，出任荷兰外交部政务司远东处处长，一年后又去了美国，任荷兰驻美使馆顾问。1948年，他被任命为荷兰驻日本东京军事代表处顾问。1951年，他离开东京前往新德里，任荷兰驻印度大使馆文化参赞。1953年，他再次被召回荷兰，任外交部中东暨非洲事务司司长。1956年至1959年，高罗佩担任荷兰驻黎巴嫩全权代表。1959年至1962年又担任荷兰驻马来西亚大使。1965年，他作为驻日大使第三次被派驻东京。任上，他被诊断出患了肺癌，不得不返国治病。1967年9月24日，他在海牙辞世，享年五十七岁。

因为外交官职业的关系，高罗佩辗转海牙、东京、重庆、南京、华盛顿、新德里、贝鲁特、吉隆坡等地，工作异常繁忙。尽管如此，他不忘初衷，挤出时间从事自己所喜爱的东方语言文化研究。他的研究兴趣很广，琴棋书画、小说戏曲无所不包，而且成果颇丰，几乎每隔一至两年就出版一本书。1941年由日本上智大学出版的《琴道》（*The Lore of the Chinese Lute*）是西方第一本系统介绍中国古琴的专著。在书中，高罗佩基于大量中国古代文献，对中国古琴的起源和特征、琴人的心境和原则、琴曲的意义和内涵、演奏的象征和意象，做了详尽的论述。而1944年在重庆出版的《明末义僧东皋禅师集刊》（*Collected Writings of the Ch'an Master Tung-kao, a Loyal Monk of the End of the Ming Period*），则是一部填补中国佛学史空白的开山之作。该书成书时间长达七年，期间高罗佩遍访中日名刹古寺、博物馆院，共觅得东皋禅师遗稿和遗物三百余件。1958年，他耗时十余年完成的《书画鉴赏汇编》（*Chinese Pictorial Art as Viewed by the Connoisseur*）在罗马远东研究社出版。全书内容分两部分，前一部分泛论中日屋宇的式样、书画的悬挂方法以及装裱技术的衍变，后一部分讲述毛笔的构造、墨的制作、纸绢的特质、书画真赝的鉴别，堪称一部东方艺术鉴赏大全。

不过，高罗佩的最大学术成当属中国古代性文化研究。1949年，因日文版《迷宫谜案》的一幅裸体封面图，高罗佩开始对中国古代性文化进行研究。他广集史料，探幽索隐，费尽周折收集历朝历代春宫画册，又参阅了一系列的明末情色禁书，终于辑成了中国古代性文化的拓荒之作《秘戏图考》（*Erotic Colour Prints of the Ming Period*,1951）。在这之后，高罗佩继续中国古代性文化研究，且时有新的发现。适逢荷兰图书出版商建议撰写一部面向更多西方读者的中国古代性文化著作，于是他便有了洋洋数十万言的《中国古代房内考》（*Sexual Life in Ancient China*, 1961）的问世。相比《秘戏图考》，该书的社会文化史研究气息更浓，且内容上有增补，还更新了许多旧的译文，添加了许多新的引文；观点上有修正，尤其是强调爱情的高尚意义，反对过分突出纯肉欲之爱。直至今日，该书仍是东西方性学家了解中国古代性文化的重要参考文献。

三

正是对于中国历史文化的研究，让高罗佩发现了《武则天四大谜案》等中国公案小说的价值，并选择性地翻译、出版了《狄公断案精粹》。在"译者前言"中，高罗佩指出，多年来西方读者所理解的中国侦探小说，无论是厄尔·比格斯（Earl Biggers, 1884—1933）的"查理·张系列小说"（Charlie Chang series），还是萨克斯·罗默（Sax Rohmer, 1883—1959）的"傅满洲系列小说"（Fu Manchu series），其实都是"误判"。真正的中国侦探小说是如《武则天四大谜案》这样的中国公案小说。而公案小说早在1600年就已经存在，时间要比爱伦·坡"发明"侦探小说的年代，或者柯南·道尔（Conan Doyle，1859—1930）"打造"福尔摩斯的年代，早出几个世纪。公案小说多有特色，主题之丰富、情节之复杂、结构之缜密，即便是按照西方的标准，也毫不逊色。然而，由于一些文化传统的原因，迄今这类小说不为广大西方读者所知。他呼吁西方侦探小说作家应该关注这一被遗忘的角落，积极改写或创作以中国古代探案为主要内容的侦探小说。①鉴于和者甚寡，1950年，他尝试创作了以狄公为主角的《迷宫谜案》。

深厚的汉学修养以及对中国历史文化的痴迷，让高罗佩在创作这十

---

① *Celebrated Cases of Judge Dee: An Authentic Eighteenth Century Chinese DetectiveNovel*, Translated and with an Introduction and with notes by Robert van Gulik, Dover Publications, Inc, New York, 1976, pp. i–v.

六卷狄公案时有意无意地融入了较多的中国古代文化元素。"漆画屏风""柳园图""朝云观""紫云寺""红阁子",这些关键词本身就是一幅幅色彩斑斓的风俗画,给西方读者以丰富的中国文化意象;而小说中的许多故事场景,如"迷宫""花亭""半月街""桂园""乐苑""黑狐祠""白娘娘庙""罗县令府邸",更无疑是生动的中国建筑大览。此外,还有许多与案情有关的关键物件,如竖琴、棋谱、毛笔、画轴、香炉、算盘、绢帕,也不啻一件件极其珍稀的古文物展示,勾起了西方读者对中国传统文化的无限向往。

当然,最值得一提的是,"狄公案"蕴含的道家思想。在《迷宫谜案》故事刚一开始,高罗佩就描绘了一个仙风道骨的太原府狄公后裔。他头戴黑纱高帽,身穿宽袖长袍,胸前白髯飘拂,举止谈吐不凡。正是他,讲述了狄公当年在兰坊县任上所破解的三桩命案。之后,故事套故事,小说中又出现了一个鹤发童颜、双唇丹红、目光敏锐的道家隐士,他于狄公断案百思不得其解之际指点迷津。由此,狄公锁定了倪氏财产争夺案的元凶。

显然,高罗佩在暗示读者,狄公之所以能屡破谜案,是因为有"高人"相助,而这"高人"并非别的,乃是他所信奉的"清静无为""顺应天道""逍遥齐物"的老庄哲学。事实上,现实生活中的高罗佩也是一个老庄哲学推崇者。在《琴道·后序》,高罗佩曾经谈到自己的抚琴体会,认为其秘诀在于遵循老子说的"去彼取此,蝉蜕尘埃之中,优游忽荒之表,亦取其适而已"①。之后,他进一步明确指出:"我认为道家思想对琴道衍变有决定性的优势,或者说,虽然琴道的产生及基本观念源于儒家,但内涵却是典型的道家。"此外,在《中国古代房内考》中

---

① Robert van Gulik. *The Lore of the Chinese Lute: An Essay in the Ideology of the Ch'in*. Sophia University, Tokyo, 1941, pp. xiii.

高罗佩也有类似的说法："道家从自己与自然的原始力量和谐共处的信念中得出合理结论，并固定下来，称之为道。他们认为人类的大部分活动，都是人为的，只起到疏远人和自然的作用，由此产生非自然的、人工的人类社会以及家庭、国家、各种礼仪、专横的善恶区分。他们提倡回复到原始质朴，回复到一个长寿、幸福、没有善恶的黄金时代。"①

## 四

然而，高罗佩并非不分良莠、一味地融入中国古代文化元素。高罗佩曾总结了《武则天四大谜案》等中国古代公案小说的五大"弊病"。首先，小说伊始即介绍罪犯，细述犯罪的经过和动机，从而丧失了故事基本悬念。其次，崇尚神鬼等超自然力量，断案判官能潜入冥王地府与受害者对话，动物、炊具也能上法庭做证。再有，故事冗长，情节拖沓，动辄数十章，甚至数百章。再有，出场人物过多，难以分清主次、理清线索。最后，惩罚罪犯过分，残忍地诉诸暴力。②

高罗佩"狄公案小说"的整个谋篇布局，沿用西方古典式侦探小说的创作模式，并突出运用了许多行之有效的创作技巧；譬如采用阿加莎·克里斯蒂式的"高度悬疑"，几乎每卷都有这样的设置，典型的如《紫云寺谜案》；又或如柯南·道尔式的"科学探案"，这一技巧的运用集中体现在小说主要人物形象的提升和重塑上。在高罗佩的笔下，狄公已经不单是那个为政清廉、刚正不阿、体恤民生、只凭聪明才智断案的

---

① Robert van Gulik. *Sexual Life in Ancient China: A Preliminary Survey of ChineseSex and Society from Ca. 1500 B. C. till 1644 A. D.*Leiden, E. J. Brill, 1974, pp. 42－43.

② *Celebrated Cases of Judge Dee: An Authentic Eighteenth－Century Chinese DetectiveNovel*, Translated and with an Introduction and with notes by Robert van Gulik,Dover Publications, Inc, New York, 1976, pp. ii－iv.

青天大老爷，而是博学、勤政、亲民的"公务员"，是依靠仔细调查和缜密推理破案的"科学"神探。他手下的几个随从，马荣、乔泰、陶干和洪亮，也一改"四肢发达、头脑简单"的性格描写窠臼，变成有血有肉、智勇兼备的破案搭档。作为一县之长，狄公不但熟悉辖区具体政务，还擅长同各种各样的人打交道，了解他们的喜怒哀乐和实际需求。他深谙犯罪心理学，勤于现场勘查，善于从蛛丝马迹中寻找破案线索，并层层剥茧抽丝，缜密推理。在《漆画屏风谜案》第五章，高罗佩以十分细腻的笔触，描述了狄公如何在沼泽地查看一具女尸的情景：

> 狄公重新掀开裹盖女尸的袍服。除了那袍服外，女尸一丝不挂，一把短剑从左侧乳房直插胸部，露出剑柄。剑柄周围有一摊干涸的血。他细看那剑柄，发现质地为白银，上面镂刻了美丽的花纹，不过年代已久，呈现出黑色。他断定，这把短剑是一件稀世古董，只因那个乞丐不识货，在盗窃耳环和手镯的时候，没有将它拔出带走。他摸了摸那乳房，表面冷而黏湿，接着又抬起她的一只胳膊，觉得还有弹性。看来，这个女人被害的时间不过几个时辰。他想着，这安详的神态、简便的发型、裸露的胴体、赤裸的双脚，都说明她是在床上熟睡时被害的。[①]

这段描写，与柯南·道尔在《巴斯克维尔的猎犬》中描述福尔摩斯现场勘查爵士死因简直有异曲同工之妙。不过，高罗佩没有无限拔高狄公，而是描写他有时也会被假象所蒙蔽，也会因怀疑自己判断有误而心虚。此外，他还有七情六欲，不但娶有三房夫人，还看见美丽、善良的女人

---

① Robert van Gulik. *The Lacquer Screen: a Chinese Detective Story*. The University of Chicago Press, Chicago, 1992, p. 52.

就动心。《铁针谜案》中暗恋郭夫人便是一例。

再如约翰·卡尔的"密室谋杀"。所谓密室谋杀，是指罪犯在一个完全封闭、看似无法出入的空间环境内所实施的谋杀，往往产生一种独特的惊悚、神秘的效果。高罗佩似乎谙于这一技巧，在大部分"谜案"中都有展示。《红阁子谜案》中的举人李琏和花魁娘子秋月先后"自杀"，显然是一种密室谋杀，因为两人均死在卧室，房门紧锁；而《朝云观谜案》中的前任住持玉镜"讲道时突然仙逝"，也是与密室谋杀不无联系，因为众目睽睽之下，凶手没有任何作案机会。

立足西方古典式侦探小说创作模式，选择性融入中国古代文化元素，一切以故事情节生动为准则，高罗佩的十六卷"狄公案小说"就是这样成为早期西方历史侦探小说的成功范例，同时也赢得世界千千万万读者的青睐。

黄禄善

2017 年 10 月 26 日

2020 年 12 月 1 日修订

黄禄善，上海大学外国语学院教授，上海作家协会会员、上海翻译家协会理事，英国皇家特许语言家学会中国分会副会长。译有《美国的悲剧》等十部英美长篇小说，主编过八套大中小外国文学丛书，其中由长江文艺出版社、花城出版社出版的"世界文学名著典藏"（精装豪华本）近二百卷。

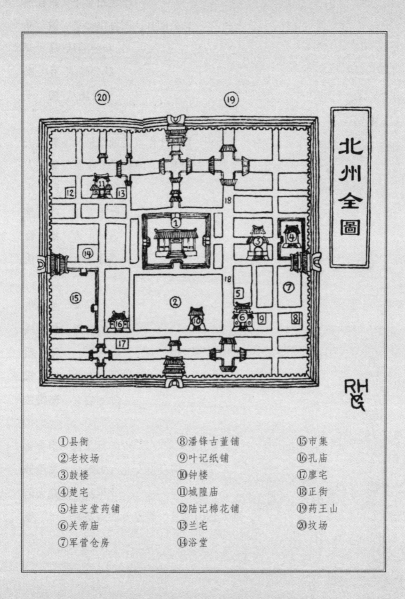

北州全圖

①县衙　　　⑧潘锋古董铺　　⑮市集
②老校场　　⑨叶记纸铺　　　⑯孔庙
③鼓楼　　　⑩钟楼　　　　　⑰廖宅
④楚宅　　　⑪城隍庙　　　　⑱正街
⑤桂芝堂药铺 ⑫陆记棉花铺　　⑲药王山
⑥关帝庙　　⑬兰宅　　　　　⑳坟场
⑦军营仓房　⑭浴堂

北州县令　**狄仁杰**

狄公随从，人称洪参军　**洪　亮**

狄公随从　**马　荣**

狄公随从　**乔　泰**

狄公随从　**陶　干**

县衙仵作（药铺掌柜）　**郭大夫**

郭大夫的妻子，县衙的女牢头　**郭夫人**

纸铺老板　**叶　平**

叶平之弟　**叶　泰**

古董商人　**潘　锋**

潘锋之妻　**叶　氏**

拳师　**兰涛贵**

兰涛贵的徒弟　**梅　成**

陆记棉花铺掌柜（五个月前去世）　**陆　明**

陆明之寡妻　**陈　氏**

陆明之女　**陆梅兰**

皮匠行会首　**廖会首**

廖会首女儿（失踪）　**廖菱芳**

北州富户　**楚大远**

楚大远的师爷，廖菱芳的未婚夫　**于　康**

主要人物

铁针谜案

# 目录

目　录

铁　针　谜　案

· 1 ·

秋公迷夜半遇兄长
离奇案寒夜报秋公

判官须是智勇全，拨开迷雾历险难，

唯一道路直又窄，每如剑锋多惊险。

步步为营站得稳，停下唯有听心声。

献身天理求公正，不顾路遥多寒冷。

　　昨晚，夜风清凉，我独自坐在花园凉亭里。时辰已晚，妻妾
们早已各自回房去了。

　　整整一晚，我都在书房里忙碌着，一会儿让书童从书架上找
些需要的书，一会儿又让他帮着摘抄些文稿。

　　近来倘有闲暇，我便集中精力编纂《大明罪案实录》，在书

后补了附录，以收录早年知名判官的传记。眼下我正在撰写狄仁杰的传记。狄仁杰是历史上著名的判官，也是七百年前杰出的政治家。他早年出任县令时，曾审理过很多疑案，后人称他为"狄公"。

打发哈欠连天的书童上床睡觉后，我又写了一封长信给在北州任上的兄长。两年前，他出任北州县衙主簿，遂将旁边一条街上的老房子交由我照管。北州是狄公调任京城前的最后一个任所，我想请兄长帮我查找当地文献，看其中是否有狄公断案的卷宗档案。我知道他会尽力的，一直以来我们相处融洽。

写完信，感觉书房里愈发闷热，我便漫步进了花园。花园里，凉风习习吹过荷塘。我已是睡意全无，遂到花园小凉亭里坐了一会儿。凉亭建在花园一角，旁边种着香蕉树。不瞒您说，自我纳了三太太之后，近日来麻烦事不断。三太太是个可人的女子，受过良好的教育，但令人不解的是，刚进门几天便遭大太太、二太太厌烦。倘若哪一晚我跟她在一起，那两位太太准会心生怨恨。适才我许诺大太太，今晚要到她房里安歇。不过，老实说，此时我并不急着过去。

坐在舒适的躺椅上，我悠闲地摇着羽扇，但见皎皎明月照进花园，景致甚好。忽然，我看见那小小的花园后门开了。令人惊喜的是，进来的居然是我家兄长！

我赶忙起身，一边沿院中小径迎上前去，一边高声说道："什么风把您吹来的？为啥回南来也不告诉我一声？"

"也是没想到啊，"兄长应道，"我要走了。走之前，想着还是来看看你，还望不要介意，来得这么晚！"

我热切地拉了他的手，引他到小亭里来，但感觉他的袖子又湿又冷。

我先让他坐在扶手椅里，自己则在对面的椅子里坐下。我望着兄长，见他人瘦了许多，脸色灰暗，眼睛明显有些肿胀。

"兴许是月色的缘故吧，"我担忧地问道，"看您气色不好。是不是从北州一路过来累着了？"

"的确不容易啊，"兄长轻轻叹道，"本想着四天前就能到的，但一路上雾太大了。"说着，他掸去白色长袍上的干泥巴，又道："我最近总觉不太好，这儿疼得厉害。"说着，他抬手摸了摸自己的头。"一直到眼底。还添了发抖的毛病。"

"这儿的天气暖和，您会好起来的！"我安慰他道，"明天再找个老大夫看看。讲讲在北州的情况吧！"

他简单讲了讲北州任上的事，似乎与县令相处不错。可讲到家事时，他却显得忧心忡忡，说自己的大太太近来颇为怪异。他说，也不知道为什么，她变了许多，可能和他突然离开有关。说着，他剧烈地颤抖起来，似乎提起此事令他颇为沮丧。于是，我便也不再勉强。

为让他缓一缓，我提出了狄公的话题，又说了我刚刚写给他的信。

"是啊，"兄长言道，"北州流传着一个怪异的故事，讲的是狄公任县令时审理过的三个谜案。这些故事在当地流传很多年了，茶馆酒肆里到处都有人讲，不免为这些故事增加了一些传奇色彩。"

"这才刚过午夜，"我激动地说道，"若是兄长不烦，就给我讲讲吧！"

见兄长脸色憔悴，看上去颇有些痛苦，我赶忙为自己的失礼致歉。他却抬手拦下。

"这故事或许对你有帮助，"他吃力地说道，"要是我早点关注这个事儿，可能会更好……"

他的声音越讲越轻，并用手摸了一下头顶，这才讲了起来：

"唉，要知道，在狄公那个年代，唐军击退了突厥军后，大唐的北部疆域拓展到了北州以北的草原。眼下，北州经济繁荣，人口繁盛，已是北方的贸易中心。但是，那时候的北州还是极偏僻之地，百姓散居县境。当时北州还有很多突厥人的后裔，他们依然信奉巫术。北州以北，便驻扎着文洛大将军的北镇军，以防范突厥部落的侵扰。"

讲完这些无关紧要的话，兄长便讲起那段奇异的故事。等他起身告辞，天已过四更。

眼见他抖得厉害，我提出送他回家。他的声音沙哑又孱弱，听不清说些什么，但我分明感觉到他是在拒绝，于是便送他出了花园门。

我没有丝毫睡意，便径直回到书房，急匆匆将兄长所讲之事记了下来。待东方亮起一缕红色，我这才放下笔，在门廊下的竹躺椅上睡了一会儿。

一觉醒来，天已近正午，快到用午饭的时间了。我吩咐书童

夜半奇遇（高罗佩　绘）

把午饭送到了廊下。我津津有味地享用着午饭，大太太果然传话来，说一会儿要过来。昨夜没去她那里过夜，想必她又会絮絮叨叨地抱怨个没完。我心内暗忖，若她再絮叨，我便可以得意扬扬地打断她，说昨夜兄长突然造访。这理由实在是无懈可击。如此这般，我便可打发了那个难缠的大太太。然后，我要去兄长家里聊一会儿。或许，他会谈及离开北州的原因，我也正好再向他求证故事中的几个细节。

可是，就在我放下筷子的当口，管家进来禀报，说从北州来了一个特使信差。信差交给我一封县令大人的信，信中痛惜地通知我，兄长已于四天前半夜猝死而亡了。

　　　——

二堂，狄公裹着厚厚的皮袄，蜷坐在书案旁的扶手椅里。他戴着有耳的旧皮帽，仍能感觉到阵阵寒风吹进空旷的屋子里。

他对坐在桌案对面凳子上的两个随从说道："看这风吹的，小缝缝里也能吹进风来！"

"大人，这风自北方荒漠直吹过来，"胡子稀疏的老随从答道，"我去让人再添些炭火来。"

老随从起身出门。狄公皱着眉向对面的随从说道："陶干，这北风像是吹不到你呀。"

清瘦的老随从闻听此言，将手往旧羊皮袄袖筒里拢了拢，苦笑着说道："大人，我拖着这把老骨头，走南闯北多年了，冷热干湿的，都习惯了！况且，我还有这件胡皮袄，这可比那些名贵的皮毛大衣还好呢!"

狄公心想,真是再没见过这么破旧的皮袄了。他知道,这个随从为人精明,却吝惜得很。陶干原是个四处游荡的江湖浪子。九年前,狄公任汉源县令时,曾救他于水火。之后,这个江湖浪子便改过自新,请求追随狄公,鞍前马后为其效劳。自那以后,陶干凭着多年的黑道经验和精明老道,常常在遇到棘手案件时帮上大忙。

洪参军回来,身后跟了个提着炭火桶的衙役。他将炭添进书案旁的铜火盆里,重又在对面坐下。他一边搓着瘦弱的双手,一边说道:

"大人,这个二堂啊,就是太大了!我们以前哪儿有过三十尺见方的二堂呀!"

狄公看看屋内的木柱,粗重结实,支撑着高高的顶棚。因年深日久,顶棚已然发黑。对面的窗户阔大,虽糊着厚厚的油纸,但仍能映进外面的雪光。

"别忘了,参军,"他说道,"三年前,这北州县衙还是北镇军府,军中之人总喜欢阔大的地方!"

"大将军现在的地方可更大了!"陶干说道,"向北六百余里,就在天寒地冻的荒漠之地!"

"我觉得,"洪参军说道,"京城吏部的消息该是落后好几年了吧!当初他们派大人来这儿的时候,还以为北州仍处边界呢!"

"你真说对了!"狄公苦笑道,"尚书大人递给我告身①时,显然有些心不在焉。他客套地说,他相信我能像在兰坊那样,处理好与蛮夷的相关事务。但在北州,所谓蛮夷尚在千里之外,中间还隔着北镇军的十万驻兵!"

洪参军生气地扯了一下胡须,起身便朝屋角的茶炉走去。洪参军是狄家老仆,狄公幼时起便受他照料。十二年前,狄公初任县令时,洪亮不顾年迈,坚持随他前往。为行事便宜,狄公委以其衙门参军之职。老人对狄公和狄家忠心耿耿,颇让人信赖,实在难能可贵。狄公与他无话不谈,不管遇到什么样的问题,皆是如此。

狄公感激地接过洪参军递上来的热茶,一边握着茶杯焐手,一边说道:

"不管怎么说,我们不该再抱怨什么了!北州民风淳朴,百姓勤劳、诚实。到此地四个月来,除了日常的政务外,虽也发生过打架斗殴之事,但马荣和乔泰很快便也处置了。再说,在处理逃卒及流散士卒这些问题上,北镇军的巡逻队做得也很好。"他缓缓捋了捋长胡子,接着又道:"可是,十天前还是出了廖姑娘失踪一案。"

"昨天,我遇见了廖姑娘的父亲,廖老会首。"陶干说道,"他又问起廖姑娘失踪一事。"

狄公放下手中的茶杯,蹙眉说道:

---

①告身:古代授官的凭信,类似后世的任命状。

"我们查遍了市集，并把寻访廖菱芳的布告发到了巡逻队那里。能做的我们都做了。"

陶干点了点头儿，说道：

"廖姑娘失踪一案不值得这么大动干戈吧？我还是觉得，她是跟她相好的跑了。等到了合适的时候，她准会抱个胖娃娃，带着难为情的夫婿，一同去向她父亲请罪的。"

"别忘了，"洪参军说道，"她可是定了亲的！"

陶干只冷笑了一声。

"我同意，"狄公说道，"看那境况，的确像是私奔了。她跟奶妈去了市集，挤在人群里看突厥人耍狗熊。就在这个时候，她忽然就失踪了。既然没人从拥挤的人群里把姑娘绑架走，那就只能是她自己跑的。"

外面传来低沉的铜锣声。狄公起身，说道：

"早晨的堂审就要开始了。无论如何要再看看廖姑娘失踪案的卷宗。有人失踪总是件麻烦事儿！还不如简单的谋杀案好处置！"

洪亮帮他整理官服，狄公又问道：

"马荣和乔泰打猎还没回来吗？"

"昨晚他们说了，"参军回道，"一大早要去抓了那匹狼，然后会赶在早晨堂审前回来。"

狄公叹了口气，遂脱下暖和的皮帽，换上乌纱官帽。正待出门，班头急匆匆走了进来，禀道：

"大人，百姓们颇有些躁动！今天早晨，城南有个女人被残忍地杀害了！"

狄公站定，回身对洪参军正色道："参军，我刚才那句话真是愚蠢！千万莫再轻言什么谋杀了。"

陶干面带忧色，道：

"可别是那廖姑娘啊！"

狄公没有言语。穿过通往大堂的回廊时，他问班头道：

"你可见到马荣和乔泰？"

"他们刚回来不久，大人。"班头答道，"但市集上的护卫方才禀告，说酒馆里有人斗殴，需要人手。于是，大人的两位随从便径直跟他去了。"

狄公点了点头，开门掀起帷幔，步入了大堂。

二

纸掌柜控告古董商
勘现场狄公遇难题

大堂之上，狄公在堂案后坐定。他四下一看，见堂下已聚了
上百的百姓。

六名衙役分列两边，站在案前，班头站在一边。洪参军照例
坐在狄公身后的椅子上。陶干则站在堂案旁靠近记录桌的地方，
老主簿正在整理他的毛笔。

狄公正待拿起惊堂木宣布升堂，堂口进来两个身着皮袄甚为
体面的汉子。他们费力地从人群中往案前挤，其间不断有人与他
们搭话。狄公示意班头，让他速将二人带到案前。接着，狄公重
重一拍惊堂木。

"肃静！"他高喝一声。

大堂里瞬时静了下来，众人都把注意力集中到这两个人身上。两人跪在案前。年长者身材瘦削，蓄着白色的山羊胡，面色苍白，略显憔悴；另一位则身材魁梧，四方脸，双下巴，蓄着稀疏的络腮胡。

狄公宣道：

"北州县衙，晨间升堂。本县点卯。"

县衙一应人等一一应卯。接着，狄公倾身向前，问道：

"两位申告者何人？"

"小人叶平，"年长者恭敬地答道，"是一个纸商。旁边是我的弟弟，叶泰，在小人店里做帮工。大人容禀，古董商潘锋乃是小人的妹夫，他残忍害了小人的妹妹，他的妻子。恳请大人……"

"潘锋现在何处？"狄公打断他道。

"他昨天便逃出城去了，大人，可小人希望……"

"从头讲来！"狄公轻轻说道，"先讲凶案是何时发生，又是如何被发现的！"

"今天一大早，小人的弟弟去潘锋家。他敲了门，却始终没人应门，就担心出了什么意外。平日这个时辰，潘锋和家妹总是在家的。于是，他赶紧回来——"

"停下！"狄公打断他的话道，"他为何不先去向潘家的邻居处打听，看潘锋夫妇是否出门去？"

"潘家所住的那条街甚是偏僻，大人，"叶泰答道，"潘家附近的房子大多都空着。"

叶氏兄弟衙门报凶案（高罗佩　绘）

"接着讲。"狄公言道。

"小人与兄弟一起回到了潘家，潘家离小人家只隔了两条街。我们俩又是敲门，又是大声叫喊，却无人应门。小人对那地方甚为熟悉，遂赶快和弟弟绕过院后，翻墙进了后院。潘家卧房的两个格栅窗是开着的。小人站在弟弟肩上往里面看，便看见……"

叶平激动地哽咽起来。尽管天气寒冷，汗珠还是不断从他的额头上淌下来。他定了定神，接着又道：

"小人看见妹妹裸身躺在靠墙的炕上，浑身是血。大人！小人吓坏了，手一松，便从铁格栅上滑脱跌倒在地上。弟弟扶小人起来，就赶紧和小人跑去了里正那儿……"

狄公一拍惊堂木，厉声说道：

"原告冷静，说话条理些！看到你妹妹浑身是血，你怎知她就死了呢？"

叶平并未作答，反而抽泣着颤抖起来。突然，他抬起头，结结巴巴地说道：

"大人，那尸体上没有头颅！"

挤满人的大堂上，蓦然一片寂静。

狄公向后靠坐在椅子上，缓缓捋了捋胡须，说道：

"请往下讲。你刚才说去见了里正。"

"我们俩在街角碰到了里正。"叶平稍缓一口气说道，"我跟他讲了事情的经过，还说恐怕潘锋也被杀害了，求他准许小人两个将门砸开。令小人气愤的是，高里正说，他昨天午时还曾碰见潘锋。当时，他正带了个皮袋子在街上急匆匆走着，说是要离城几日。"

"大人，那混账东西杀了小人的妹妹，恳请大人抓了那恶人，给小人可怜的妹妹报仇啊！"

"高里正在哪里？"狄公问道。

"小人求里正随我等来大堂，大人，"叶平哭道，"但他拒绝了，说是要守住那房子，以确保现场不被破坏。"

狄公点了点头，低声对洪参军说道：

"里正总算知道自己该干什么！"

说罢，他又转身对叶平说道：

"主簿现在将你的申告词念出来，若所记无误，你们两个就在上面签字画押。"

老主簿诵念一遍申告词，叶平兄弟确认无误，便在申告文书上摁了手印。狄公言道：

"本县和随从即刻便去罪案现场，你兄弟二人也一同去。不过，在此之前，你二人须得先向主簿讲清楚潘锋的情况，以便通告缉拿。潘锋只逃了一晚，路又不好走，想必很快便可以抓到他。你们放心，本县会尽快缉拿杀害你家妹妹的凶手。"

狄公再拍惊堂木，宣告退堂。

回到二堂，狄公站在火炉边一边暖手，一边对洪参军和陶干说道：

"在此稍待，等叶平说完潘锋的情况就走。"

"尸体被割下头颅真是蹊跷！"洪参军说道。

陶干应道："也有可能是屋内昏暗，叶平没看清楚，那妇人的头兴许是让被角什么的盖住了。"

"我们马上就去现场,"狄公说道,"到时便清楚是怎么回事了。"

主簿此时拿着记录潘锋样貌的文书走了进来。狄公随即拟写布告,并修书一封给巡逻队的校尉。他吩咐衙役道:

"此事即刻去办!"

官轿已在外面院子里备好。狄公上轿,让洪亮和陶干也一同随他上轿。八名轿夫,前后各四人,抬杠上肩出了县衙。两个衙役骑马走在前面,班头和另四名衙役跟在后面。

众人行至正街,走在最前面的衙役一边敲着小铜锣,一边高喊着:"回避!县令大人驾到!"

大街两旁店铺林立,行人熙熙攘攘,听闻县令经过,百姓纷纷避让。

过了关帝庙,拐了几个弯,一行人便来到一条长街之上。但见街道西侧是一排货栈,墙上皆是带栅栏的小窗户;东侧一溜高墙,间或有几个窄门。众人在第三个门前停了下来,门前已围了好些人。

轿夫们将轿子落下,一个四方脸、看着颇为精明的汉子迎上前来,自称姓高,是东南城的里正。说罢,他恭敬地扶狄公下轿。

狄公朝街两头张望了一会儿,说道:

"此处真荒凉!"

"几年前北镇军还驻扎在这里的时候,"里正说道,"对面的货仓是用来存放军中物资的。街这面有八个院落，原是军官们的家宅。现在对面的货仓空着，这边军官们住过的院子里，搬来几户人家，潘锋和他老婆就住在这里。"

"天晓得，"陶干高喊道，"古董商怎会选这么一个偏僻之地？这里恐怕连块豆饼都卖不出去，更别说值钱的古董了！"

"真是这样！"狄公应道，"里正可知为何？"

"大人，潘锋总是带古董上门到客户家里去。"高里正答道。

一阵寒风吹过。狄公急切地说道："带我们进去吧。"

进了院门，众人见院子很大，空荡荡的，四周皆是平房。

高里正解释道："这院子是个三进院。潘锋一家住中院，其余前后院便一直空置着。"

众人径直穿过前院，来到中院道厅，见里面稀稀拉拉摆着几个廉价的木桌椅。里正带众人出了道厅进了中院。中院较前院小些，院中央有一口井，摆着一张石凳。里正指着对面的三个门说道：

"中间这间是卧房，西边这间是潘锋的作坊，后面有一个厨房，东边那间是仓房。"

看到卧室门敞着，狄公赶忙问道：

"何人进去过？"

"没人进去，大人。"里正回答道，"我等砸开门后，便未让手下人走进这个院落半步，以保证罪案现场之原样。"

狄公点头赞许。他走进卧房，屋子西侧几乎被大炕占去，炕上铺着厚厚的褥子，但见一妇人赤裸着躺在上面。尸身仰卧，没了头颅，双手被绑在身前，双腿僵直地伸着；颈部断处，肌肉呈撕裂状，尸体及被子上沾满了业已干了的血迹。

狄公赶忙看向他处，以避开这令人作呕的画面。后墙两个窗户，窗户中间放着一张梳妆台，风从开着的窗户吹进来，吹得镜子上搭着的汗巾飘来荡去。

"进来，关上门！"狄公吩咐洪参军和陶干道。接着，他又命里正道：

"到外面守着，不得让人进来！若叶家兄弟到了，就让他们在道厅里候着。"

待里正带上门出去，狄公细细勘查，但见炕对面、靠墙堆放着四只红色的皮箱，那里通常是用来放四季衣裳的；旁边角落里放着一张红漆桌子。屋内除了两只凳子，再无他物。

他的目光不情愿地又望向那尸体，说道：

"没看到受害人脱下来的衣裳。检查一下这些衣箱，陶干！"

陶干打开最上面的那只箱子，说道：

"大人，里面除了叠放整齐的衣裳外，没有其他的东西！"

"四个箱子都看一下！"狄公厉声说道，"让洪亮帮你。"

两人忙着检查衣箱，狄公站在屋子中央，缓缓地捋着胡须。此时门关着，镜子上搭着的汗巾也便垂了下来，他注意到汗巾上也沾有血迹。他这才想起来，很多人忌讳从镜子里看到尸体，认为那样会倒霉的。显然凶手便是这类人。只听得陶干惊叫一声，狄公忙转过身子。

"我在第二个箱子底的暗格子里发现了一些珠宝！"说着，他拿出来给狄公看，是两只精致的镶着红宝石的金手镯，还有六根金簪。

"呵，"狄公应道，"古董商总能以便宜的价格弄到这些。放回去吧，这卧室得封起来。不过，与珠宝相比，我更想找到丢失的衣裳。再去仓房看看。"

见仓房里堆满了大大小小的箱笼，狄公说道：

"陶干，把这些箱子都查一遍。记住，除了衣服外，还要找那失踪了的头颅。我和洪参军到作坊里看看。"

潘锋不大的作坊里，墙边摆着博古架，上面放满了瓶瓶罐罐、玉器、雕像，还有些别的小古董；屋中央的桌子上堆着瓶子、书，还有大小不等的毛刷。

狄公示意洪亮掀开桌布，自己则打开其中一个抽屉，在里面翻找着东西。

"看！"他指着铜板里散落的银子说道，"潘锋必是仓促离开的！连珠宝和银钱都没有拿！"

他们又去了厨房，也没发现什么有价值的东西。

陶干此时也走了进来。他拍了拍身上的灰尘，说道：

"那些箱子里有大花瓶、铜器和一些别的古董。到处是灰。那地方显然好久没人去过了。"

狄公困惑地看看两位随从，缓缓捋着腮边的胡子，然后说道：

"真是奇怪。"

说罢，他转身离开了厨房，两个随从也跟了出去。

此时高里正跟班头、叶家兄弟候在道厅里。

众人躬身施礼，狄公点头致意。他吩咐班头道：

"派两个人用抓钩去那井里打捞一下，然后再找担架和毯子来，把尸体抬到县衙去。最后封了这三间房，留两个人在此看守待命。"

他示意叶家兄弟坐到桌前，洪亮和陶干则坐到了靠墙的凳子上。

"你家妹妹确是被杀了，"狄公严肃地对叶家兄弟说道，"但她被割下的头颅却不见了。"

"潘锋那个混账东西把头颅带走了！"叶平叫道，"里正碰到他的时候，他便带着个皮袋子，里面还有个圆东西！"

"里正，你是怎么遇到潘锋的，他又说了什么？细细讲来！"狄公对里正色道。

"我遇见潘锋时，"里正答道，"他正急匆匆往西走。我问他：'何事如此匆忙，潘掌柜？'他没停下，甚至连句客套话都没有，只是嘟嚷着要出城几日，就擦肩而过了。尽管没穿皮外套，他的脸却涨得通红，右手还提着一只皮袋，里面装着个鼓鼓囊囊的物件。"

狄公沉思片刻，遂又问叶平道：

"你妹妹曾说过遭潘锋虐待一事？"

"唉，"叶平迟疑了一下，回答道，"大人，实话跟您讲，小人一直以为他们过得很是和睦。潘锋是个鳏夫，比她年长不少，还有个成年的儿子在京城里当伙计。两年前，他跟家妹成了婚。

他这个人尽管有些沉闷，还经常抱怨自己身体不好，但小人总以为他是个不错的人。这个狡猾的畜生必定是在糊弄我们！"

"他可从来没骗过小人！"叶泰突然打断道。

"他这家伙既小气又令人厌恶，家妹经常抱怨说被他打了！"

叶泰松弛的面颊顿时气得鼓胀了起来。

"你为何从未向我说起此事？"叶平吃惊地问道。

"我不想让你担心。"叶泰闷声应道，"现在我要全讲出来！我们要擒了他那狗头！"

"为何你今天一早便去了你妹妹家？"狄公打断他道。

叶泰犹豫片刻，答道：

"哎，小人只想去看看她过得如何？"

狄公站起身，粗声说道：

"到县衙再听你细讲，你所讲的要记录在案。现在回衙，你们两个也去，一起看看尸检的情况。"

高里正和叶家兄弟送狄公卜了官轿。

众人返回正街，一个衙役骑马来到狄公轿窗旁，用马鞭指着前面，说道：

"大人，那就是仵作郭药师的药房。小人是否要去叫他一同去县衙？"

狄公见前面有一药房，门脸不大却很整洁，招牌上写着三个雄浑的大字："桂芝堂。"

"本县自己去跟他讲。"说着，狄公下了轿。他对两个随从说道：

"我一向喜欢去药房。你们在外面候着，店不大。"

狄公推开店门，扑面便是一股草药香。但见柜台后站着一个罗锅儿，正专注地用大铡刀切草药。

见狄公进来，他赶忙从柜台里出来，迎上来躬身施礼。

"在下郭药师。"他嗓音低沉而浑厚。

这郭药师身高仅四尺，却肩宽膀厚，大脑袋上披着凌乱的长发，眼睛也大得出奇。

"本县虽没机会召你去验尸，"狄公说道，"但早听说你医术高超，这次顺道来看看。可能你已听说了，城南有一妇人被杀。本县想请你到大堂之上验尸。"

"在下即刻便去，大人。"郭药师应道。看架子上堆放着瓶瓶罐罐和成捆的草药，他略感歉意地说道：

"大人，小店破旧，凌乱得很。"

"不妨事，"狄公温和地说道，"我看着很是妥当。"站在偌大的黑色药柜前，他看小抽屉上用端正的小楷刻写着药名，遂读出其中几个来。"这里草药齐全。我看你还有月亮草，这药可是稀有啊。"

郭药师急忙拉开月亮草的抽屉，拿出一捆干草根。看他解开草药捆，狄公注意到他手指细长又灵巧。只听郭药师说道：

"这种草药只在城北的山上有，北州百姓称那山为药王山。等到了冬天下雪时方能采到。"

狄公点了点头，言道：

"冬天采摘药效最佳。到了冬天，所有的精华都积聚到了根部。"

"大人不愧是行家！"郭药师吃惊地说道。

狄公只耸了耸肩，应声道：

"只是爱读古药书罢了。"

忽然，他感觉脚下有东西在动，低头一看，见是一只小白猫。小猫一瘸一拐地跑到郭药师腿下卧倒。郭药师小心地将它抱起，说道：

"在街上捡到时，它断了一条腿。我给它上了夹板，可惜接得不太好。我该先去问问拳师兰涛贵的，他擅长接骨。"

"随从们也曾跟我提起过他。"狄公答道，"他们说，兰师傅是个了不起的拳师，是他们见过最厉害的一个。"

"他是个好人，"郭药师叹了口气说道，"像他这样的人不多了！"

说罢，他顺手又把猫放到地上。正在这时，店后的蓝门帘一挑，一身材高挑瘦削的妇人托着茶盘走了进来。她优雅地躬身给狄公敬了茶。狄公注意到，妇人面貌端庄，虽未施粉黛，却皎白如玉，头发简单地绾了个发髻，脚后还跟了四只大猫。

"我在衙门里见过你。"狄公说道，"听说你把女牢管理得井然有序。"

"大人过奖了。"郭夫人赶忙躬身答道，"女牢里事儿不多，偶尔有几个从北边流散来的女随营。除此之外，牢房里也没什么人。"

她那矜持却不失礼貌的言谈令狄公甚感意外。

狄公呷了一口手中的茉莉花茶。郭夫人小心地为丈夫披上一件皮毛大氅。狄公注意到，她在给丈夫系领扣时眼里满是深情。

小店里一团祥和，四处弥漫着草药的香味，想想方才那令人作呕的、冰冷的谋杀现场，狄公真想在店里多待一会儿。

但是，他还是遗憾地吁了口气，放下茶杯，说道：

"唉，我得走了！"

狄公出药房上轿，径直回了衙门。

三

回到二堂，狄公见主簿早已候在那儿。见洪参军、陶干在屋角茶炉旁忙活着，狄公便在书案旁坐了下来。主簿恭敬地站在案旁，把一沓公文放在了书案上。

"去叫一下录事！"狄公一边翻阅公文，一边吩咐主簿道。

录事进来，狄公抬头言道：

"班头很快会把叶氏的尸体抬到大堂上来。此次尸检不需升堂，因此禁止闲杂人等围观。让你的手下在厢房帮郭药师做准备，然后告诉门卫，除县衙里的人和死者的两个兄弟、东南城的里正外，其他人等一概不得入内。"

洪参军递给狄公一杯热茶，狄公呷了几口，微笑着说道：

"跟方才在郭药师那儿喝的茉莉花茶比，这茶可是差远了。还有啊，这郭氏夫妇虽看着不甚般配，却也甚是融洽啊。"

"郭夫人原是个寡妇。"陶干说道，"她先头的丈夫是此地的一个屠户，好像姓王，四年前因醉酒身亡。依我看，这女人挺幸运的，听说她先头那个丈夫是个刻薄又放荡的家伙。"

"是啊，"主簿说道，"王屠户欠下大笔债务，包括市集后面窑子里的债。为了还债，他那寡妻变卖了店铺和店铺里的东西，可也只还了一部分。后来，那窑子里的老板逼着她做丫鬟抵债。这时候，郭药师出面为她还债赎了身，后来便娶了她。"

狄公将县衙大印在公文上用力一按，抬起头说道：

"她看起来像个有教养的妇人。"

"大人，她从郭药师那儿学了不少药理。"主簿说，"现在她也算是个好的女科大夫了。起初，人们看不惯她这个有夫之妇四处给人看病。不过，百姓现在不这样想了，比起那些只能靠把脉治病的男大夫来说，她给女病人看病要更方便一些。"

狄公把文书递还给主簿，说道：

"有她这么个女牢头挺好，那些个女犯多是些卑贱的泼妇，必须严加管教，以防她们惹是生非，再去骗人。"

主簿正要开门出去，却见来了两个披斗篷、带有耳皮帽的人，遂忙侧身一边。这两人膀大腰圆，正是狄公的另两个随从，马荣和乔泰。

二人大步进来，狄公亲热地看着他们。这两位原先都是所谓的"绿林好汉"。十二年前，狄公第一次出任县令途中，在一偏僻之地遭他们打劫。狄公的无畏让两人深深折服，皆感与狄公投契，遂离开绿林，跟在狄公身边。之后的几年里，这两个彪形大汉在抓捕危险罪犯和处理一些棘手危险的公务中，立下了不少汗马功劳。

"事情处置得如何?"狄公问马荣。

马荣一边松开脖巾，一边笑着说道:

"没啥事儿，大人! 两帮轿夫在酒馆里吵架。乔兄跟我进去的时候，他们都拔刀干起来了。于是，我俩把他们敲打了一顿，都老实地回家了。四个头目被我们带回来了，若大人准许，就把他们在牢里关上一夜。"

"好吧，"狄公说道，"还有，那骚扰百姓的狼你们可抓到了?"

"抓到了，大人，"马荣答道，"这次狩猎可真不容易! 起先是我那朋友楚大远发现了那家伙，是一匹大狼。就在他忙着搭弓上箭的时候，乔泰一箭便射穿了狼的喉咙! 大人，他射得真准!"

"是我捡了个漏。"乔泰轻轻笑道，"不知道怎么回事，他的箭射飞了，他可是一等一的箭手啊。"

"他每天都练习射箭呢。"马荣又说，"有人看到他堆雪靶子练习射箭，如真人般大小的雪人! 他骑马绕着雪人边跑边射，几乎箭箭能中雪人的头!"马荣羡慕地叹道。接着，他又问道:"大人，大家都在议论的谋杀案，进展如何?"

狄公低下了头。"这案子很是棘手，你们去厢房，看看能不能尸检了。"

不一会儿，马荣和乔泰回来禀报说，一切准备停当。于是，狄公去往厢房，洪亮和陶干也跟了过去。

班头和两名衙役已在高案旁等候。狄公在案后坐定，四名随从遂在对面靠墙站好。叶平、叶泰站在屋角，和高里正在一处。三人向狄公见礼，狄公点头致意，转而回身向郭药师做了个手势，示意开始。

尸体放在案前的芦席之上，郭药师上前掀开被子。这是狄公一天里第二次看到这残缺的尸体。他叹了口气，拿起毛笔填写尸格，一边写，一边大声读道，"潘叶氏。年龄？"

"三十有二。"叶平脸色苍白，哽咽着答道。

"验尸开始。"狄公说。

郭药师拿汗巾在旁边盛有热水的铜盆里沾了一下，润湿死者的手。然后，他小心松开绳子，试着挪了挪尸身的胳膊，发现已经僵挺。他从尸身右手上取下一枚银戒指，放到了一张纸上，然后仔细擦洗尸身，一点点检查。过了好一会儿，他把尸身翻过来，洗去其背后的血迹。

趁这工夫，洪参军已在一旁把谋杀案的大致情况低声跟马荣和乔泰讲了一遍。马荣倒吸了一口气。

"看到背上那些鞭痕了吗？"他愤愤地对乔泰低声说道，"等我抓住那混账，定要收拾了他！"

郭药师将那颈部的伤口检查了许久。最后，他起身向狄公禀道：

"这是已婚妇人的尸体。皮肤光滑，无胎记，无陈旧性伤疤。

除了手腕处被绳子勒伤外，胸部和上臂处也有瘀伤，此外便再无别的伤口。背部和臀部有条形伤痕，显然是鞭打所致。"

郭药师等主簿将细节一一记录在案。然后接着又道：

"脖子上的伤像大刀砍的，在下以为是厨房用的切肉刀。"

狄公愤怒地扯了扯胡子，命主簿将尸格诵读一遍，让郭药师确认后签字画押。接着，他命郭药师将戒指交与叶平。叶平好奇地看了一眼戒指，说道："红宝石没了！小人敢肯定，前天见家妹时还有呢。"

"你家妹妹是否还有其他的戒指？"狄公问道。

叶平摇了摇头。狄公接着又道：

"你们可以将尸体领走了。叶平，先将你妹子暂时殓入棺内。头颅仍未找到，既不在屋内，也不在那井里。你放心，本县会尽力抓捕凶手，找到那头颅的下落，好让尸体入殓下葬。"

叶家兄弟默默作揖谢过。狄公起身回到二堂，四名随从紧随其后。

进了空荡荡的二堂，尽管穿着厚皮袄，狄公仍感到有些冷得发抖。他大声吩咐马荣："往炉子里添些炭吧！"

马荣忙碌着加炭，众人坐了下来。狄公缓缓捋着胡须，陷入了沉思。等马荣也坐下来，陶干说道：

"这起凶杀案确实有不少疑点！"

"我看只有一个。"马荣嘟嚷着说道，"就是抓了潘锋那厮！这般残忍地杀死自己的老婆！竟还是如此好身材的娘子！"

狄公沉思默想，似未听到他说什么。突然，他生气地说道：

"此种情形实无可能!"

他猛然起身,一边踱步,一边说道:

"妇人赤身裸体,但现场却找不到她的衣服,连鞋都没找到。她被人绑着虐待,被割去了头,现场却没有任何打斗的痕迹!假定她丈夫行凶杀人后,小心包裹起割下的头颅和妇人的衣物,整理了屋子,这才逃走——但是,注意!妇人的首饰还在,银子也留在抽屉里。对此,你们是如何想的?"

洪参军说道:

"大人,我觉得,应该还有第三个人。"

狄公犹豫片刻,遂又坐回椅子上,注视着自己的随从。乔泰点点头,说道:

"即便强壮如刽子手,倘若想拿大刀砍下罪犯的头,有时也并不容易。听说潘锋是个老者,且身体孱弱,他又如何能割下他老婆的头?"

"或许,"陶干说道,"潘锋发现凶手后,吓得像兔子般逃走了,顾不得带走财物。"

"你们说得都有道理,"狄公说道,"无论如何,我们须得先尽快找到潘锋。"

"要活捉他!"陶干提高了声调说道,"若推断是对的,凶手也会在找他!"

突然,门被推开了,一个瘦弱的老者急匆匆走了进来。狄公吃了一惊,看了他一眼,说道:

"什么风把你吹来了,老管家?"

"大人，"老管家说道，"信差骑马从太原来了，大夫人想请您回去，有事相商。"

狄公站起身，对随从们说道：

"傍晚到这里会合，我们一起去楚大远家赴宴。"

他轻轻点了点头，便带着管家出了二堂。

四

天刚擦黑，六名衙役便提着油纸灯笼在县衙里候着了。班头见他们冻得直跺脚，就笑着说道：

"伙计们不必担心受冻！那楚大远是个大方人，他肯定会让大家美餐一顿的！"

一个年轻衙役说道："他必不会忘了给酒喝的！"

忽然，众人肃然正立。狄公来到了门口，后面跟了他的四个随从。班头唤轿夫起轿，狄公和洪亮、陶干一同上了官轿。

马夫已给马荣、乔泰备好了马。乔泰对狄公说道：

"大人，我们顺道去接一下兰涛贵师傅吧！"

狄公点了点头，轿夫们迈着轻快的步子出发了。

狄公靠坐在轿椅上，说道：

"太原来的信差带来一个烦心的消息。大夫人的母亲病重，她定了明天一早动身回太原。二夫人和三夫人会陪她同去，还有孩子们。这时节上路，旅途艰难，可也没办法。老太太已经七十多岁了，大夫人很是担心。"

洪亮和陶干深表同情。狄公谢过二人，接着又说道：

"今晚正好要去楚大远家赴宴，着实不是时候。护送他们的士卒备了三辆马车到衙门去送家眷，我本也该去送送，照料一下装运的事儿。可楚大远是北州名流，若此刻再说不去，定会令他丢了颜面。"

洪参军点点头，说道：

"马荣说了，楚员外已在他的宅邸里准备了丰盛的晚宴。他是个好客的人。再说马荣和乔泰很喜欢他安排的狩猎，更别说喝酒了！"

"真纳闷，他如何能过得这般惬意，"陶干说道，"他可是娶了八个妻妾啊！"

"唉，"狄公责备道，"他膝下无子，想必也是忧心子嗣单薄，将来无人继承家业。他虽身体强健，但不会是为了取乐养一群妻妾。"

"楚大远很有钱，"洪参军若有所思地说道，"有些东西是钱买不来的！"过了一会儿，他又说道，"大人的家眷都走了，我担心往后大人要孤单了！"

"凶杀案悬而未决，"狄公回道，"我也没时间挂念家眷的事儿。她们离开家这些日子，我就住在衙里。别忘了通知管家，洪参军!"

他望向窗外，见夜空下繁星点点，钟鼓楼隐约可见，遂又道："我们马上就到了!"

轿子在一个堂皇的宅门前停下。高高的朱漆门大开着，一个身材魁梧、着名贵貂皮大衣的人迎上前来，并扶着狄公下了官轿。此人一张四方脸，红光满面，蓄着齐整的黑胡须，正是楚大远。

楚大远向狄公见礼，另外两个人也上前请安。狄公惊愕地发现，其中一个面容消瘦、留着山羊胡子的老者是会首廖老头。狄公想到，晚宴上廖老头必会问起他那失踪女儿的下落。站在他旁边的人叫于康，是楚大远的师爷。看他那脸色苍白、神情紧张，狄公料想他也必会问起他未婚妻的消息。

楚员外并未带狄公一行到客厅，而是带他们到了院落南侧的露台上。狄公感到有些诧异。

"在下早就盘算好了，"楚员外闹嚷嚷地说道，"在大厅里请大人，可我们这些北方的农民，您知道的，厨艺哪能跟大人家里的比!在下就想着，大人可能会更乐意在户外开个猎宴。您看，不过是些烤肉、自酿的酒，乡下的饭菜，想着能合您的口味!"

狄公客套地寒暄着，但心里并不觉得楚员外的安排是啥好主意。风已渐渐止了，露台四周虽围着高高的毡布帷幔，但依然很冷。狄公打了几个哆嗦，感到喉咙有些痛。他想，定是早上在潘锋家里受了凉，又想着，要是在温暖的客厅里用饭就好了。

露台中央，放着一个由四张桌子拼成的大台案，四周点了许多火把，将露台照得通明。旁边的支架上铺着厚木板，上面摆着一个巨大的铜炉，炉中堆满了炭火。三个仆人站在铜炉周围，正用长铁叉烤肉。

楚员外请狄公坐在主座之上，他和廖会首分别陪在两边。洪参军和陶干被安排在桌子右边，旁边由他的师爷于康陪着。左边是两个年长些的客人。楚员外介绍说，这二位是纸商会和酒商会的会首。马荣、乔泰跟拳师兰涛贵坐在下首位置，在狄公对面。

狄公饶有兴致地打量着面前这个名震四方的北方拳师，但见火光一闪一闪，正照在他那剃得光亮的头上和脸上。拳师剃着光头，是为了格斗时不为头发所累。从马荣、乔泰所讲的故事中，狄公早已知道，兰涛贵对拳术痴醉入迷。他一直未婚娶，过着非常简朴的生活。狄公一边跟楚员外客气地寒暄着，一边思量，庆幸马荣和乔泰在北州交了像楚大远、兰涛贵这样意气相投的朋友。

楚员外过来敬酒，狄公勉为其难地喝了一杯，没承想这酒令他有些疼痛的喉咙更不舒服。

品尝烤肉的时候，楚员外问起命案之事，狄公简略介绍了一下。那烤肉肥得令人反胃，他试着去吃些蔬菜，可戴着手套，他跟其他人一样用不好筷子。他不耐烦地摘了手套，可没过一会儿手指便冻得发僵，吃起来依然不便。

"那个凶案，"楚大远沙哑着声音说道，"令我们的好友廖员外十分不安。他担心自己的女儿菱芳会遭遇不测。大人，可否安慰他几句?"

狄公向廖会首说,自己正尽力找寻他的女儿,但又因此勾引起会首一通话,说自己女儿如何品德贤淑。狄公对这个老者也颇为同情,但关于他的事在衙门里也听了许多,此刻头裂开般地疼痛。他满面红光,但后背及双腿却是冰冷非常。狄公暗自担忧,他的妻儿们在这寒冷时节去往太原,路途遥远,可不要太过辛苦呀。

楚大远侧身向狄公说道:

"不论死活,望大人能找到那廖姑娘!我那师爷已为她急得要死要活了。这我能理解,跟您说,那可是个不错的女子,二人又有婚约。可是,要知道,我家里有许多事儿要做,可近来这家伙却是派不上用场!"

楚员外在狄公耳边低语,一股酒气和大蒜味儿直冲狄公鼻端,狄公顿觉有些恶心。他喃喃说着已想办法去寻廖小姐,起身称先告退一会儿。

楚大远示意仆人提着灯笼引狄公出去。穿过迷宫般的昏暗廊道,仆人引狄公来到一个小院落,后墙边便是一排厕所。狄公快步走进厕所。

如厕出来,他见已有另一个仆人端了盛着热水的铜盆在外面伺候。狄公用热汗巾擦了擦脸和脖子,这才感觉好受了一些。

"你不用等了!"他对仆人说道,"我记得路。"待仆人离去,他便在洒满月光的小院里漫步向前。院子里十分安静,狄公猜测自己是在这个大宅子的后面。

过了一会儿，他想着还是回宴席上去。可进到廊道，里面漆黑一片，他很快便迷失了方位。他击掌召唤仆人，却无人应答。仆人们显然都在露台上忙着侍候客人了。

　　狄公见前面有一丝光亮，遂小心向前，很快便来到一扇虚掩着的门前。推门出去便是一小花园，四周是高高的木栅栏。花园里，除了远处靠近后门的地方丛生着灌木外，什么也没有。积雪压伏着灌木。从花园里向外望，狄公忽然感到一丝莫名的恐惧。"我不会是真的病了吧！"他嘟囔着说道，"在这样一个安静的后花园里，有什么好害怕的？"他走下木台阶，穿过花园，去到后门处。四周一片寂静，此时他听到唯一的声音，就是雪在脚下发出的咯吱声。可他的确感到有些恐慌，被一种莫名的恐惧笼罩着。他不自觉停下了脚步，他的心是静的。环顾四周，他发现一个奇怪的白色人形，正一动不动地坐在灌木丛下。

　　一看之下，狄公惊得呆住了。接着定睛细看，他又松了口气。原来是个雪人，真人般大小的佛像模样，双腿盘着，打坐在篱笆旁。

　　狄公想笑，嘴唇却僵住了。两块代替雪人眼睛的木炭没有了，空空的眼窝带着一股邪恶，直盯着他。雪人身上散发出一股死亡的气息与腐朽的味道。

　　狄公一阵惊慌，遂赶忙转身走回廊道，上台阶时还不小心磕到了小腿。但他已顾不得其他，能走多快就走多快，摸着墙沿着黑暗的廊道向前走。

　　拐过两个弯儿，他遇到一个打着灯笼的仆人，这才被领着回到露台。晚宴正在热闹的当口，众人齐唱着狩猎歌，楚大远用筷子击打着节拍。看到狄公，楚大远急忙起身，焦急地说道："大人您脸色不太好啊！"

狄公挤出一丝笑容说道：

"想必是着凉了。还有呢，你后院里的一个雪人吓了我一跳！"

楚大远大声笑了起来。"我该告诉仆人们，让孩子们堆些个有趣的雪人。"他接着又道，"来，大人，再喝一杯，暖和一下身子！"

突然，狄公的管家出现在露台边，身后还跟着个矮胖子。那矮胖子戴着尖顶头盔，穿着信差的短外套和宽松的皮裤，一看便知是巡逻队的骑兵。他向狄公正身施礼后，马上禀道："启禀大人，巡逻队在五羊村南六里处逮住了潘锋，方才已将他交给了衙门的牢头看管。"

"干得好！"狄公高声说道。他又对楚大远说道："抱歉，我得走了，须得去处置此事。为了不扫大家的兴，我只带洪参军去。"

楚大远等人送狄公到了前院。狄公就此跟客人们道别，并为自己的离席一再表示歉意。

"公职当先！"楚大远诚挚地言道，"很高兴那坏人被抓住了！"

回到县衙，狄公大声吩咐洪亮道：

"传牢头进来。"

牢头进来，向狄公躬身施礼。

"你在那人犯身上找到了什么?"狄公问道。

"他没带武器,大人,只有通行文书和一些零钱。"

"他没带一个皮囊吗?"

"没有,大人。"

狄公点了点头,示意牢头带他们去牢房。

牢头打开一个小囚室的铁门,举起了灯笼。伴随着一阵镣铐的叮当声,一个坐在凳子上的老者起身站了起来。狄公心内思忖,这潘锋的样貌看上去并不像是可憎的家伙。只见他,大脑门,一头蓬乱的灰白头发,胡须垂着,左脸颊上一道红色的鞭痕格外醒目。潘锋并未叫冤,只是一言不发,恭敬地看着狄公。

狄公双手拢在宽大的袖子里,厉声说道:"潘锋,有人来衙门告你犯了重罪。"

"大人,"潘锋叹息道,"我已料到发生什么事了,定是拙荆的兄长叶泰诬告了我。那个废物总来找我要钱。最近,我拒绝再借钱给他。他必是借故来报复我的。"

"你该知道,"狄公轻轻说道,"律法不许我私下询问犯人。不过,若你现在告诉我,最近可与你老婆大闹过,明天大堂上可以省去你一些尴尬。"

"那么她也参与其中了!"潘锋一脸凄苦地说道,"我这才明白近来她为何行为怪异,总在不该出去的时候出去。她必是去和叶泰商量诬告我的事了。前日里,我……"

狄公厉声说道:"你的话留待明日再讲吧。"说罢,他转身离开了牢房。

# 五

陶干讲述拳师癖好
古董商人大堂喊冤

次日一早，晨间升堂前，狄公来到二堂，见他的四名随从早已候在那里。

洪参军看狄公仍有些疲惫。昨晚，为照料三位夫人的行装，狄公一直忙到深夜。狄公坐下来，赶忙说道：

"唉，我的家眷都走了。护送的士卒天亮前方才赶到。若是一路不遭风雪，料他们三日内便可回到太原。"

他擦了擦疲惫的眼睛，打起精神又道：

"昨夜，我简单盘问了潘锋几句。若无意外，便如我等所料，他老婆并非是他杀的。看起来，要么他对发生之事一无所知，要么他就是个一等一的戏子。"

"那潘锋前日跑到哪里去了呢?"陶干问道。

"一会儿我在大堂上问他,便会有结果了。"狄公缓缓呷了一口洪参军递上来的热茶,接着说道:

"昨夜,我留你们三个在楚大远的宴席上,不只因为怕扫了众人的兴致,还因为我感到那宅里有些诡异。我当时感到不舒服,也许只是我的臆测罢了。我想知道,在我离开后,你们可曾觉察到了什么异常。"

马荣望了一眼乔泰,又挠了挠头,懊恼地说道:

"说实话,大人,我有点喝多了,没注意到什么特别的。不过,乔兄可能有话可讲。"

"我只能说,"乔泰莞尔一笑,"大伙儿都很开心——包括我!"

陶干沉思一会儿,捻着左颊上那三根长毛,说道:

"我不太喜欢那种烈酒。兰拳师又不喝酒,我多半时间是在跟他聊天,但也没耽搁我留意桌上发生的事。我要说,大人,那是个愉快的晚宴。"

狄公没有说话。陶干接着说道:

"不过,兰拳师告诉我一件有趣的事。当说到谋杀案时,他说,叶平虽是个有些古怪的老者,但并非坏人。但在他眼里,叶泰就是个泼皮无赖。"

"怎么讲?"狄公急忙问道。

"数年前,叶泰曾拜兰涛贵为师,但兰拳师只教了他数十日便作罢了。叶泰心术不正,总想着学些阴招来害人。兰拳师说叶泰体格健壮，但性情卑劣，成不了好拳师。"陶干答道。

"这些信息倒是有些用处，他可还讲了其他的事情？"狄公问道。

"没有，"陶干应道，"后来，他给我拼七巧板来着。"

"七巧板！"狄公惊诧地说道，"那可是孩童的玩具啊！小时候我也玩过。你所说的七巧板，就是将一方纸切成七个形状的小纸块儿，然后用它们可以拼出各种图案来，对吗？"

"是的，"马荣笑着答道，"兰拳师有这个癖好。在他看来，那可不只是儿童的游戏。他说它能帮你看透许多事，还能让人心神专注。"

"在片刻之间，他可以拼出你想要的图案来。"陶干说着，从宽大的袖笼里拿出了七块纸板放在桌上，并尝试着拼成一个四方块儿。然后他对狄公说道："纸块儿就是这样切割的。"

他一边打乱纸块，一边说道："我先让他拼了个鼓楼，他就这样拼了。

"这个太简单了，我又说拼一个奔马。他同样毫不费力地就拼了出来。

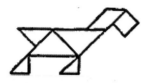

　　"然后，我说拼个跪在大堂里的被告，他这样拼了出来。"

　　"我喉咙痛，"陶干继续说道，"就让他拼个喝醉的衙役，再拼个跳舞的女子。他都拼了出来！"

　　"接下来，"陶干最后说，"我认输了！"

　　狄公和众人都笑了起来。狄公说道：

　　"昨晚，我确曾感到有些奇怪，但你们都没留意到什么特别之处，想必是我精神不好的缘故吧。不过，楚大远的宅邸特别大。在那些黑黢黢的廊道里，我差点迷了路。"

"楚氏家族在此不知住了多少代了。"乔泰接着又道，"那些老宅院里总会有些神秘的气氛。"

马荣咧嘴笑道："楚大远在那大宅里安顿他那成群的妻妾，还嫌不够大呢！"

"楚员外是个好人，"乔泰赶忙说道，"一个一等一的猎手，又善于管理，既严格又公正。他的佃农都忠诚于他，这就足以说明一切了。大家担心的是，他至今膝下无子。"

"这时候，他可不能想这个事儿！"马荣眨眼含笑说。

"适才我忘了，"陶干打断说，"楚员外的师爷，那个小伙子于康，看起来很是焦虑。跟他讲话时，他失魂落魄的。想必他跟我们一样，认为他的未婚妻跟人私奔了。"

狄公点了点头，说道：

"我们得赶紧再问他一些事，多了解一些关于廖姑娘的情况。至于廖姑娘，老廖头儿一再说她贤淑，以让我们相信，我想他更想说服自己吧。陶干，午后你最好到廖宅附近走一趟，多收集些这家人的讯息，同时也去了解一下叶家兄弟的情况。看看兰拳师所说是否属实。不过，切莫鲁莽，惊扰了他们反而误事，在街坊邻里处查问查问就可以了。"

铜锣敲过三响，狄公起身穿上官袍，戴上官帽，走进了大堂。

潘锋被擒的消息显然已传遍北州城，大堂上此时已挤满了百姓。

狄公升堂点卯已毕，遂拿起朱笔填了公文交给牢头。

潘锋被带上大堂，人群里传出阵阵愤怒的嚷嚷声。楚大远和兰涛贵也站在人群里。此时，站在人群前面的叶氏兄弟想冲上去，但被衙役推了回去。

狄公一拍惊堂木。

"肃静！"他大喝一声，然后对跪在地上的人厉声说道：

"报上姓名、生业来。"

"小人姓潘名锋，以经营古董为业。"

"潘锋，本县问你，前日你因何出城？"狄公问道。

"前几日，"潘锋答道，"南城门外五羊村的一个农夫来找我，说他在挖坑堆粪时发现了一个旧铜鼎。小人知道，汉代的时候，五羊村曾是一个大官邸的所在。我对老婆说，应该去看看那个铜鼎。前日，天气晴好，小人就去了，打算着次日便回城。就这样……"

狄公打断了他，问道：

"走之前那个上午，你与你老婆都干了什么？"

"整个早上，小人都在忙着修补旧漆台，"潘锋说道，"我老婆去了市集，回来做了午饭。"

狄公点头，示意他继续说下去。

"吃罢午饭，因担心乡下客栈里没有火可以取暖，小人便将皮袄卷起，放在了皮囊里带上。行至街上，小人遇到了杂货铺的掌柜。他说驿站的马匹不多了，要租马就得趁早。于是，小人急匆匆往北门赶，到那儿租到了最后一匹马。然后……"

狄公又一次打断他，问道：

"除了杂货铺掌柜的，你还遇到过什么人？"

潘锋想了片刻，答道：

"是的，大人，去驿站的路上我遇到过高里正，跟他打了个招呼就走了。"

狄公示意他继续讲。

"小人是在天黑前到的五羊村，找到了那个农夫，看到了那只鼎。那鼎确是个好物件。小人跟那倔强的农夫讨价还价半天，也没谈拢。见天色已晚，小人便骑马去了客栈，吃了点儿饭，便歇宿在那里。

"次日一早，小人先到附近农户家转了转，问问可有要卖的老物件，却什么也没发现。小人在客栈里吃了午饭，然后去到那农夫家里，费了半天口舌，总算将那只鼎买了下来。小人穿上皮袄，将那只鼎放到了皮囊里，便离开了。

"小人骑马走了大约三里地，两个劫匪突然从雪山后面蹿出来，在小人身后追赶。惊恐之下，小人策马疾驰。可是，刚摆脱那两个恶人，小人便发现自己走错了道，迷路了。更糟糕的是，小人发现挂在马鞍上的皮囊不见了，鼎也丢了。小人骑马绕着雪山在那荒僻之地转了又转，心里越发恐慌。

"猛然间，小人看见巡逻队的五个骑兵过来，真是喜出望外。可是，令小人惊愕的是，他们竟然把小人拉下马，捆了手脚，还将小人吊在了我自己的马鞍上！小人问他们为何要抓小人，那军士便用鞭柄打小人的脸，还喝令小人闭嘴。他们骑马回了城，未说一个字便将小人投入了监牢。这些都是实情！"

叶平喊道："大人，这个恶棍满口谎言！"

"本县自会核实他的陈词，"狄公大声喝道，"原告肃静，未曾问你，不得说话！"转而他又对潘锋说道："再讲讲那两个劫匪的模样。"

犹豫片刻，潘锋讲道：

"大人，当时我惊恐万分，并未看真切，只记得其中一个戴了眼罩。"

狄公命主簿将潘锋的陈词诵读一遍，班头又让他在上面签字画押。接着，狄公正色说道：

"潘锋，你老婆被人杀了，她家兄长叶平申告，说是你杀了她。"

潘锋的脸霎时变得灰白。

"老爷，小人冤枉啊！"他惊恐地高喊道，"此事小人一点儿也不知道呀！小人离家时她还好端端的！乞求大人……"

狄公向班头示意一下，潘锋遂被带下堂去。他挣扎着被带离大堂时，还在高喊冤枉。

狄公对叶平说道：

"等核实完潘锋的陈词，还会招你们到大堂来。"

接着，狄公又处理了一些衙内庶务，便宣布退堂。

回到二堂，洪参军急切地问道：

"大人，您觉得潘锋所言如何？"

狄公沉思着捋了捋胡子，然后说道：

"我想他讲的是真话。在他离开之后，另一个人杀了他老婆。"

"这就解释了为何钱和金首饰都未被动过。"陶干说道，"因为凶犯不知道这些东西放在哪儿。但是，这却无法解释叶氏衣服失踪不见一事。"

"潘锋的陈述中有一疑点，"马荣说道，"就是他逃离劫匪时丢失皮囊一事。百姓们都知道，巡逻队常在那一带巡察，以防范逃卒和打探情报的突厥人，劫匪皆避之唯恐不及。"

乔泰点了点头，又道：

"还有，潘锋所言那劫匪的外貌，只是说其中一个戴了眼罩。市集上的说书人也总是那样描述劫匪的。"

"不过，我们会核实他的陈词的。"狄公说，"洪参军，你去让班头带两个衙役到五羊村去，询问一下那个农夫和客栈的掌柜。我再给巡逻队的校尉写封信，了解一下那两个劫匪的情况。"

狄公沉思了片刻，又道：

"同时，我们还须尽力查找廖姑娘的下落。午后，陶干去廖宅和叶记纸铺，马荣和乔泰去市集上再打听一下，设法在廖姑娘失踪的地方找些线索。"

"大人，我们带上兰涛贵同去如何？他对那个地方了如指掌。"马荣问道。

"随你便吧。"狄公说道，"我该吃午饭了，吃了饭我要小睡片刻。你们一回来就向我禀报。"

六

探消息陶干去赌馆
遇米商陶干得线索

洪亮与马荣、乔泰二人一起去到衙役值房用午饭，陶干则径直离了衙门。

他沿着老校场东侧一路向前，见路上已被积雪覆盖。一阵凛冽的寒风吹来，陶干将长袍裹紧了一些，并加快了脚步。

来到关帝庙前，他向人打听叶记纸铺，人们告他在下一条街上。不一会儿，他就看到了纸铺的大招牌。

陶干走进纸铺对面一个不大的菜店，花一个铜板买了根腌萝卜。

"给我切好了，"他对店主说道，"用油纸包上！"

"您不在这儿吃吗?"店主惊讶地问道。

陶干傲然说道:"在街上吃不雅观!"见店主面露不悦,他又赶忙说道:"我看您这菜店铺面整洁,生意一定不错吧。"

店主脸色顿时缓和了下来。"还可以,"他答道,"我们夫妻俩每日里虽是粗茶淡饭的,但不欠人债。"然后,他又得意地说道:"十天半月里,还能吃上些肉。"

"我猜,"陶干说道,"那对面的纸铺掌柜该是每天都有肉吃吧。"

"随他吧,"店主漠然说道,"赌徒吃肉,吃不长久的!"

"那叶平是个赌徒吗?"陶干问道,"看着不像啊。"

"不是他,是他那恶霸兄弟。"店主答道,"不过,以后他便也没钱去赌了。"

"为何?那店铺看着生意兴隆啊。"陶干问道。

"兄弟,有件事儿你不知道,"店主有点得意地说道,"你听着,其一,叶平欠了债,他没钱再给叶泰;其二,叶泰往日里也常找他妹子潘家娘子要钱花。现在潘家娘子被人谋害了。这样,……"

"叶泰再也找不到钱了。"陶干替他说完。

"你说的正是。"店主有些得意地说道。

"原来如此。"陶干说着,将包好的腌菜放到袖笼里,出了店门。

他四下里转了转,想找个赌场看看。他曾是赌棍一个,哪儿有赌场,一眼便知。很快,他便沿着一个丝绸庄的楼梯上了二楼。

屋子宽敞，甚是齐整，有四个人正在一张方桌旁掷骰子。见掌柜模样的矮胖男人独坐在旁边桌上喝茶，陶干便坐在了他对面。

胖男人一脸不屑地看了看陶干那打着补丁的皮袄，冷冷说道：

"又出来混了，兄弟。这屋子里最低一注要五十个铜板呢。"

陶干拿起对方的杯子，慢慢地用中指在杯沿儿画了两圈。

那赌场掌柜的见了，赶忙说道："原谅在下怠慢，请用茶。愿意为您效劳！"

陶干刚做了一个职业赌徒的暗号。他说道：

"好吧，跟你讲讲也无妨，我是来打探消息的。纸铺的叶泰那厮欠了我不少钱，他说他现在身无分文。我可不想吃别人嚼过的甘蔗，要先查清楚了，才确定是否去向他催讨。"

"别让他骗了你，兄弟，"胖男人说道，"昨夜他还来这儿，当时可是用银子下的注。"

"这杂种居然撒谎！"陶干叫道，"他跟我说，他兄长是个小气鬼，以前帮衬他的妹妹又被人杀了！"

"的确如此。"胖掌柜说道，"可他还有别的财路。昨夜，他有点喝高了，说他敲了一个蠢货的竹杠。"

"你可知他敲了谁的竹杠？"陶干急切地问道，"我在乡下长大，敲竹杠之事我也在行。"

"主意不错！"掌柜的欣赏地说道，"倘若今晚叶泰来了，我就设法搞清楚。他是个肌肉发达、头脑简单的家伙。要是有生意做，我就告诉你。"

"明日我再来，"陶干说道，"顺便问一句，你可有兴致小赌一把？"

"当然！"掌柜的快活地说道。

陶干从袖笼里取出七巧板纸块儿放到桌子上，说道：

"我跟你赌五十个铜板，用这些纸块儿拼出你讲的东西来。"

胖男人略略扫了一眼纸块儿说道：

"成！给我做个圆铜板，我可是个见钱眼开的人！"

陶干鼓捣了半天，却怎么也拼不出来。他懊恼地说道："真是不明白！前日里还看到一个家伙在拼这个，看着是十分容易的。"

"唉，"胖男人轻轻地说道，"昨夜在这赌场里，我见一个人连赢了八手，那看起来也是很容易的。可有人学了他的样子做，却输了个精光。"陶干懊恼地拢起他那些纸块儿。掌柜的又说道："你该付钱了，要知道干我们这行的就是有一笔清一笔，对吧？"

陶干晦气地点点头，遂拿出铜板来数。

掌柜的认真地说道："兄弟，我若是你，就不玩儿这游戏了。我看这玩意儿会让你输不少钱呢。"

陶干点了点头，起身告辞出了赌场。他一边向钟楼方向走，一边沮丧地想着，他收集的这些关于叶泰的消息虽然有趣，可代价不低啊。

他没费什么劲儿便找到了廖宅，廖宅就在孔庙附近。廖宅很是气派，门楼上雕梁画栋的。此时，陶干感到有些饿了。他左右看看，想找个便宜的饭馆。可环顾四周，只有几家住户，唯一的一家大饭庄就在廖宅对面。

陶干长叹一口气，遂走了进去。毫无疑问，这次出来勘案又要破费了。他径直上了二楼，在窗边一张桌子旁坐下。在这儿，他刚好可以看到对面的廖宅。

店小二热情地上来招呼，可陶干只要了最小的一壶酒。小二的脸色顿时沉了下来。小二把那一小壶酒端上来，陶干不屑地看了一眼，责备道：

"伙计，你们可是要让人吃醉？"

"客官，"小二不悦地说道，"您要是想要顶针，就得去找裁缝。"说完，他砰的一声，将一盘腌菜放在了桌上。他接着又道："这还要五个铜板呢！"

"我有。"陶干平静地说着，随手从袖笼里取出包着的腌萝卜。他一边嚼着腌萝卜，一边观察着对面的宅子。

不一会儿，他看到一个穿着厚皮袄的胖子出了廖宅，身后跟着一个苦力，背了一大袋的米。那男人看看饭庄，踢了一脚苦力，吼道：

"将米送到我店里去，快点！"

陶干脸上露出了笑容，想着要打探的消息和午饭，心中便有了主意。

等那个米商喘着粗气上了二楼，陶干便在桌边让了个位儿给他。胖子一屁股坐在椅子上，并要了一大壶热酒。

"现今的日子真难过，"他气喘吁吁地说道，"那米就稍稍有一点潮，他们就给你退了。我的身子又不好。"他解开皮袄，手轻轻按在肋上。

"我的日子不难过！"陶干轻松地说道，"我一百个铜板一担米，能吃好久。"那人急忙坐直了身子。

"一百个铜板！"他难以置信地叫道，"老弟，市价可是一百六十个铜板呢！"

"我不用掏那个价钱。"陶干得意地说道。

胖子热切地问道："为何？"

"呵！"陶干喊道，"这是个秘密，我只跟懂行的米商谈。"

胖子急忙说道："我请您喝酒。"他一边为陶干斟了一大杯酒，一边说道："请讲，我洗耳恭听。"

"我时间不多，"陶干答道，"只可向你讲个大概。今晨我遇见了三个人。他们是跟随老父亲来城里的，带了一车的米。昨晚，他们的父亲突发心疾死了。他们急等着钱为老父亲入殓，带老父亲回家。我答应他们买下那一车米，一百个铜板一担。好了，我得走了。小二，结账！"

他正要起身，胖子赶忙拉住他的袖子。

"急什么，兄弟？"胖子问道，"再陪我吃些烤肉。喂，小二，再来一壶酒，这位客官是我的客人。"

"恭敬不如从命，"陶干说着，遂又坐了下来，并对小二说，"我胃不好，要烤鸡吧，大盘的。"

店小二一边走，一边嘀咕着：

"先是想要小壶的酒，现在又想要大盘的鸡。真是难伺候。"

"跟你实说，"胖子自信地说道，"我是个米商，我懂行情。你若是存这么多大米自用，会坏掉的。你不是米商会的，又不能在市集上买卖。我来帮你吧，一百一十个铜板一担，我全买了。"

陶干犹豫了一会儿，干了一杯酒，说道：

"这事儿可以谈，再喝一杯。"

他将二人的酒杯斟满，然后又拉过烤鸡的盘子，麻利地扯下一块儿鸡肉，说道：

"对面那宅子莫不是丢了女儿的廖会首家？"

"正是，"胖子说道，"不过，丢了女儿算他走运。一个坏女子。再说那米……"

"讲点儿有趣的事儿吧，"陶干打断他，遂又扯下一块儿鸡肉。

"我可不想讲有钱主顾的事，"胖子不情愿地说道，"跟我那老女人都没讲过。"

陶干傲慢地说道："你若是信不过我……"

"岂敢，"胖子赶忙说道，"是这样，前些日子，我走在市集南边，忽然看到廖姑娘，没带她那老妈子，独自一人从春风酒馆旁边的房子里出来。她左右张望一会儿，便急匆匆走掉了。我好生奇怪，就跟了过去，看谁在那里住。过了一会儿，那门开了，从里面走出个瘦瘦的后生。他朝街上左右望了望，也旋即跑开了。我跟铺子里打问那房子。你猜那是什么地方？"

"风月之地。"陶干马上应道，并夹起最后一根萝卜。

"你如何知道的？"胖子问道，显得有些失望。

"碰巧猜中罢了，"陶干一边说着，一边又干了一杯。"明日这个时辰再来，我带来米账，我们成交。谢谢款待！"

　　他步履轻快地下了楼梯，留下胖子一脸懵懂地望着那个空空的盘子。

马荣和乔泰在衙役值房用罢饭，又喝了杯茶，便告别了洪参军。院子里，马夫已为他们备好了马匹。马荣看看天，说道："这天儿不像会下雪的样子，我们走着去吧，兄弟。"乔泰同意，两人遂步履轻快地离了衙门。沿着城隍庙的高墙一直走，再向右转，两人便到了一片安静的民宅，这儿就是兰涛贵住的地方。

一个健壮的小伙子给他们开了门，显然是兰拳师的弟子。他告诉二人，兰拳师正在练武堂里。

练武堂是个又大又空旷的屋子，入口处置一长木凳，除此之外，再无旁的家具。不过，粉墙上有许多搁架，摆满了各式各样刀剑、矛和棍棒。

兰涛贵正站在地中央厚厚的芦席上。尽管天气寒冷，他却赤裸着，只贴身穿了一条裤衩，正在耍弄一个人头般大小的黑铁球。

马荣和乔泰坐在凳子上，饶有兴致地看他摆弄着铁球。兰涛贵把球高高抛起，用左臂接住，遂又传至右臂，再滚到手里；球从手中落下，落地前一刹那又被他抓了起来。所有动作干净利落，一气呵成，令两位观者惊诧不已。

兰拳师浑身很干净，毛发不显；膀阔腿健，但并不显得十分粗壮；腰也不粗，但肩宽脖壮。

乔泰对马荣低语道：

"他那皮肤像妇人一般光滑，可下面都是结实的筋骨！"

马荣默默点头，一脸的羡慕。

忽然，兰拳师停了下来。他站立片刻，调匀气息，便满脸堆笑地朝两个朋友走来。他一边将那铁球递给马荣，一边说道："替我拿一下，我穿上袍子。"

马荣接过了铁球，却惊叫一声，铁球遂从手中滑落，在地上砸出一个坑来。那原来是个实心铁球。

三个人都笑了起来。

"老天爷！"马荣叫道，"看你耍球的样子，我以为是木头的呢。"

"你能教教我们吗？"乔泰热切地说道。

"我以前跟你们讲过，"兰涛贵平静地笑道，"按规矩，我从来不单教某个动作。我乐意教你们，但须练习完整的套路。"

马荣挠了挠头，接着问道："若没记错的话，你习武的规矩里还有不近女色一项？"

拳师说道："女人耗散男人精力。"说话时，他脸上略带着些苦痛，这让两个朋友不禁有些吃惊，兰涛贵少有言辞激动的时候。他马上又微笑着说道，"话说回来，若节制得当，倒也无妨。我对你们有个特殊的要求，二位须得戒酒，按我的要求饮食，与妇人同床只一月一次。就这些！"

马荣疑惑地瞥了一眼乔泰。

"唉，这是个难事儿，兰兄。我也不是特别爱酒和女人，但我已年近四十，这些已成生活习惯了。乔泰，你怎么样？"

乔泰一边捻着他的山羊胡子，一边应道：

"至于妇人，好吧，除非她是上等姿色。但是，若要完全戒酒……"

"你看，这就是了。"兰拳师笑了。"不过没关系。你们两个都已是一流的拳手了，不必成为绝等拳师。在你们的行当里，不会遇到这样的高手。"

"为何不会呢？"马荣问道。

"很简单！"拳师答道，"要成为打通九关的一流拳手，须得强壮的身子和强韧的毅力。但是，对绝等拳师来说，力气与技艺已属次要。只有心灵宁静之人方可达此境界，有此品质者不会再去做那腌臜勾当了。"

马荣戳了一下乔泰的肋骨，开心地说道：

"既然如此，我们还是一切照旧吧，兄弟。快穿上衣服，兰兄，我们想让你带我们到市集上去。"

兰拳师一边穿衣服，一边说道：

"倘若狄大人有意，我以为他是可以达到那个超级境界的。在我看来，他是个有高超品行之人。"

"是啊！"马荣说道，"另外，他还是个一等的剑客。我曾见他与人对击，令人实在佩服！他饮食简朴，妻妾如常。不过，他也有个难事儿。你想，他会同意刮去他那长胡须吗？"

三人笑着出了前门。

他们一路向南，不久便到了市集口。市集的街道不宽，人来人往的。一看到北州有名的兰拳师，众人纷纷让到一旁。

"这个市集很久以前就有了，"兰涛贵说道，"当年的北州是突厥人的商贸中心。据说，像这种如兔子窝般狭窄又拥挤的走道，加在一起，能有十六里地。你们要找什么？"

"我们要查找廖菱芳姑娘的下落。"马荣答道，"数日前，这姑娘便是打这儿失踪的。"

"我记得，她是在看耍狗熊时失踪的吧？"拳师说道，"来吧，我知道突厥人在哪儿表演。"

他带二人抄近路从店铺后面穿到了一片空地。

"就在这儿，"他说道，"这会儿没有突厥人，不过就在这地方。"

马荣看看左右两边破旧的摊位，小贩儿们正在高声叫卖着各色货物。他说道：

"老洪和陶干都盘问过这里的人了，再问也用处不大。不过，这女子为何要到这里来呢？按理说，她应该去北边才对，那里有更好的店铺，卖丝绸和织锦之类的。"

"她那老妈子怎么讲？"兰拳师问道。

"她说她们迷路了，"乔泰答道，"见有狗熊表演，便想着停下来看一会儿。"

"再往南两条街，"兰涛贵说道，"有几家青楼。这事可是跟那里的人有干系？"

马荣摇了摇头。"我到那些窑子里查问过了，一无所获。至少跟本案没什么关系。"他咧了咧嘴说道。

忽然，他听到身后一阵叽里咕噜的奇怪声响，遂转过身去，见是一个十六岁左右、衣衫褴褛的瘦弱少年。少年在发出那些奇怪的声音时，脸哆嗦着。马荣伸手从袖笼里拿出一个铜板给他，可那少年却已侧身过去，焦急地抓了兰拳师的袖子。

兰拳师笑着抚摸一下那孩子的头，他随即安静了下来，欣喜地望着高大的兰拳师。

"你是啥朋友都有啊！"乔泰惊讶地说道。

"他与你周围的人没啥两样！"兰拳师轻轻说道，"这是个汉人兵士跟突厥妓女生的弃儿。有次我在街上遇到他，一个醉汉踢断了他的肋骨。我给他接了骨，养了他一些时日。他耳聋，只能听到一点声音。你若讲慢一点，他也可以听懂一些，小子人很聪明。我教了他一点功夫，现在敢打他的人除非是醉汉！我看不过弱者被欺凌。本想让这小子来我这儿应些差事，可他总是走神儿。他更喜欢到这市集上来。有时候，他会来找我讨些饭吃，说说话。"

那孩子又开始含混地说些什么，兰拳师仔细地听着，然后说道：

"他问我来这儿干什么。我刚好也问问他那失踪姑娘的事儿。这孩子眼尖，这儿发生什么事儿，没有他不知道的。"

他一边用手比画着，费力地向男孩儿讲述那狗熊表演和女子的事儿。男孩儿吃力地听着，一边专注地看着兰拳师的嘴唇。他眉头紧蹙，额头上开始渗出汗珠。兰拳师讲完，男孩儿显得很兴奋。他伸手从兰拳师袖里拿出了七巧板，蹲在街边的石头旁摆弄了起来。

兰拳师笑着说，"我教他的，这能帮助他说出他的想法。看看他在做什么？"

三个人俯下身子，看男孩儿拼出的图案。

"这显然是个突厥人，"兰拳师说道，"那头上戴的是草原上突厥人的黑风帽。那家伙干什么了，孩子？"

哑巴男孩无奈地摇了摇头。然后，他抓住兰拳师的袖子，发出了一些粗哑的声音。

"他的意思是，太难了，他说不清楚。"拳师说道，"他想让我跟他去找那个老太婆——一个老乞妇，她时常照顾他。他们住在店铺下面的地洞里。你们二位在此稍等，那里又脏又难闻。不过，紧要的是那里确实暖和。"

兰拳师跟哑巴男孩儿离开后，马荣和乔泰便在附近街摊上逛着，看看街摊上的突厥匕首。

拳师一人回来了。他满脸开心地说道：

"我为你们打探到一些消息。到这儿来。"

他将二人带到摊位后面的角落里，然后低声说道：

"老妇人说，她跟哑巴男孩儿在人群里看狗熊表演时，看到一个衣着光鲜的女子和一个老妈子，就想挤过去，从她们那里讨些铜板。可是，就在老乞妇去向二人搭讪的当口，一个站在女子身后的中年妇人向她耳语几句。女孩儿飞快地瞥了一眼老妈子，见那老妈子正全神贯注看表演，便跟那中年妇人溜走了。男孩儿从看表演的人群里挤过去，想要跟她们讨铜板，却被一个戴着黑风帽的大个子男人粗鲁地推开了。那男人紧跟在那俩妇人身后。男孩儿见此情景，便也放弃了讨铜板的念头，因那戴风帽的男子十分凶恶。这故事儿可是有趣？"

"当然！"马荣叫道，"那中年妇人和突厥人的样貌如何？能让那老妇人或男孩儿讲述一下吗？"

"很不凑巧，"拳师答道，"我问了他们，但那妇人用围巾遮了半个脸，那突厥人用风帽上的耳兜遮住了嘴。"

"我们即刻便去禀报此事。"乔泰说道，"这是关于那失踪的女子第一条真正有用的线索。"

"我带你们抄近路出去。"兰拳师说道。

他带两人走进一个又窄又昏暗的廊道，里面熙熙攘攘，人流不断。突然，他们听到有妇人的尖叫声，接着便是家具破裂的声音。周围的人四散逃开，不一会儿，廊道里便只剩下了他们三个人。

"就在那黑屋子里！"马荣喊道。他跑过去踹开门，两个同伴跟他一道冲了进去。

他们穿过破落的客厅，来到宽敞的楼梯口。楼上是一个临街大屋，屋里乱作一团，两个恶汉正殴打两个躺在地上的男人，那俩人被打得不停翻滚。一个女人半裸着蜷缩在靠近门口的床上，窗边另一张床上，一个妇人正试图用缠腰布裹住自己赤裸的身体。

见有人上来，那两个恶汉便放开了地上那两个人。那右眼戴着眼罩、身材魁梧的家伙见兰拳师的光头，遂以为是个不中用的，上来便朝拳师脸上打。拳师一摆头，敏捷地躲过了对手的重拳。就在那独眼汉的拳头从他耳边擦过之际，他在对方肩膀上顺手一推，那恶汉便如离弦之箭，一头栽到了对面墙上，还撞下一片墙灰。与此同时，另一个恶汉正弯腰低头朝马荣撞来。马荣伸腿抬膝，正踢到那恶汉的脸上。

只听那裸妇人尖叫一声，独眼汉爬了起来，喘着粗气说道：

"若是有刀，我定将你们剁成肉泥！"

马荣欲要再打他，兰拳师伸手拦了一把。"我想，"他轻轻说道，"我们打错人了，兄弟。"他又对那两个恶汉言道："这二位

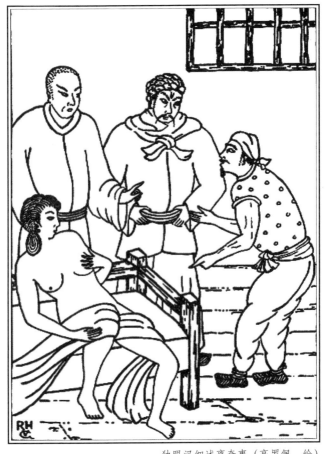

独眼汉细述离奇事（高罗佩 绘）

是衙门里的人。"

那两个被打的，这会儿已经爬了起来，正急急往门口跑。乔泰迅即拦住了两人的去路。

独眼汉的眼睛一亮，打量一下三人，对乔泰说道：

"实在抱歉，官爷！我们以为你们跟那俩皮条客是一伙儿的。我们兄弟俩是北镇军的兵卒，在休假。"

"出示你们的文书！"乔泰厉声说道。那人从腰褡中取出个皱巴巴的信封，上面盖有北镇军的大印。乔泰快速浏览一遍里面的文书，又递还给那人，说道：

"这个没问题，说说这里发生了什么事儿吧。"

"那边床上的妇人在街上跟我俩搭讪，"那兵卒讲道，"邀我们上来取乐。我们进来一看，发现还另有一妇人在此等候。我们付了钱，找完乐子，便小睡了片刻。可待我们醒来一看，我们的钱便都不见了，我叫了起来。此时，那两个贼人就来了，讲那两个妇人是他们的老婆。若我们不老实走开，他们就报巡逻队，告我们强奸民妇。"

"我们觉得事情不妙，一旦被巡逻队抓到，那可就哑巴吃黄连，有口难言了。打个人对我们来说，就是热热身。我们也不要那些钱了，但走之前还是要给这俩恶人点颜色看看。"

马荣上下打量一下两人，突然说道：

"我认出这两个能人了！他们是那两条街上窑子里的！"

那二人听罢，赶忙跪下来求饶。年长一些的从袖子里取出一个钱袋，递给独眼汉。马荣一脸鄙夷地说道：

"你这两个狗头，能再想出点新花样吗？讨厌的家伙！你们都到衙门去，还有那俩妇人。"

"你们可以报仇了。"乔泰对兵卒说道。

独眼汉疑惑地看了一眼同伴，说道：

"官爷，老实讲，我们还是不报了吧。过两天我们就该回营了，跪在大堂上可不是什么快活日子。我们拿回了钱，那俩女子也招待得不错。可否高抬贵手，让我们先走？"

乔泰看了一眼马荣，马荣耸了耸肩说道：

"我也这样想，我们只不过逮了两个皮条客，这儿也不是什么正经窑子。"

他转身对那个年长一些的说道："你是不是租了这房子，拿来给那些带女人来享乐的人用？"

"没有，官爷。"那人一本正经地说，"小人知道，将未在籍的妓女介绍给男人是犯法的。这样的馆子，下一条街上就有，就在春风酒馆旁边。那房东婆也不是我们这行的。不过，那馆子现在关门了，房东婆前日里死掉了。"

"让她的魂灵安息吧，"马荣虔诚地说道，"唉，我们该走了。让市集的里正和他手下把这两个人和妇人押到衙门里去。"说罢，他转身对兵卒说道："你们走吧。"

"多谢官爷，"独眼兵卒感激地说道，"几日来，这算是头一遭好运了，自眼睛出事之后，就一直麻烦不断。"

看着哆哆嗦嗦的裸妇人小心去拿她的衣服，马荣叫道：

"别假正经了，婆娘！你让这屋子出名了。"

待那女子起身下床时，兰拳师一边背过身，一边随口问了兵卒一句：

"你的眼睛是怎么回事儿？"

"从五羊村来的路上冻坏了，"兵卒答道，"我们本想找人问一下路，看如何能赶早到城里，可只碰到一个骑马的老者。想必他是个坏人，一见我们就跑。我对同伴说……"

"打住！"马荣打断了他道，"那人可带了什么物件？"

兵卒挠了一下头，答道：

"是的，您这一问我倒想起来了。他带了一个皮囊子挂在马鞍上。"

马荣飞快地扫了一眼乔泰，然后对兵卒说道：

"你看，我们大人对你们碰到的那人很感兴趣。你们须得到大堂上走一趟，不过不会太久。"

说罢，他回身对兰拳师说道："我们走吧。"

"既然你们已经查有所获，"拳师笑着说道，"我就告辞了。我要去找些吃的，再到浴堂去洗个澡。"

# 八

马荣和乔泰带着两个兵卒到了大堂。门口的衙役说陶干已经回来了，正和狄公、洪参军在二堂议事。马荣告诉他们说，里正不一会儿会带来两男两女，让他们将那两个男的交与牢头，再让郭夫人看管那俩妓女。如此安排妥当，他们又让两个兵卒在外面廊道里等着，这才去了狄公的二堂。

狄公正与洪参军、陶干讨论得热烈。一见两个随从回来，他赶快让两个人说说查访的情况。

马荣将市集上发生的事一一细禀，并说那两个兵卒正等在外面。

狄公一脸和悦地说道：

"结合陶干打听到的信息，那失踪女子一事，我们已大概了解了。先将那两个兵卒带上来吧。"

两兵卒见过礼后，狄公让他们再讲讲事情的经过，然后说道：

"你们所说之事十分重要，我写份公文给你们的校尉，荐举你们来这附近负责勤务，本县若有需要，便可招你们来作证。洪参军即刻带你们去牢房指认一名嫌犯，去讯问室做完笔录，你们便可离去了。"

两兵卒非常高兴，对狄公延长他们的假期更是千恩万谢。洪参军带两人离开后，狄公取出一纸公文信笺，给巡逻队校尉写了一封荐举公文。随后，他让陶干向马荣、乔泰讲了在赌场和饭庄打听到的消息。陶干说罢，洪亮回来禀报说，两兵卒马上便认出了潘锋，说在城外看到的骑马人便是他。

狄公呷了一口茶，说道：

"我们现在将手中的案件做个梳理。首先，叶氏被杀一案。如今潘锋所言遇到强盗一事已被证实，他之陈述是可信的。但为稳妥起见，我们要等去五羊村的衙役回来确认后，再释放潘锋。我认为他是无辜的。我们须集中查找那第三人的线索，此人在本月十五日中午到十六日早晨这段时间杀了叶氏。"

"凶手必是事先便知晓潘锋那日下午出城一事。"陶干说道，"那他须得是非常了解潘锋之人。叶泰可以向我们提供有关与叶氏相识之人的信息，他果然是与他妹子甚是亲厚。"

"无论如何，我们要盘查一下叶泰。"狄公说道，"你在赌场所了解到的情况甚是有用，须得全面调查此人。我会亲自问询潘锋，了解一下他的朋友和熟人的情况。现在我们再来说说廖菱芳姑娘失踪一事。陶干的朋友，那米商说，廖姑娘曾在春风酒馆旁边一外租房内与一男子幽会。显然，那房子就是那皮条客提及的馆子。之后，一妇人在那附近与廖姑娘搭讪，并将她引诱了去。我推测，那女人定是告诉廖姑娘，她的情人在等她，于是廖姑娘便马上随她去了。至于戴风帽的男人是谁，尚无任何线索。"

"显然不是那廖姑娘的情人，"洪参军说道，"米商说那后生是个清瘦的男子，而那哑巴孩子描述的戴风帽的汉子是个魁梧壮实的家伙。"

狄公点了点头，默默地捋了捋胡须。过了一会儿，他继续分析道：

"陶干向我讲了廖姑娘幽会之事，我便派班头去了米商的店铺，让米商带他去指认那屋子。然后，我又让班头去楚大远的宅邸传于康过来。洪参军，去看看班头回来没有。"

洪参军回来，禀道：

"廖姑娘离开的那个屋子，就是酒楼对过的那个屋子。街坊告诉班头说，那老板娘前日死了，她唯一的女佣也回了乡下。他们说那儿常发生些奇怪的事情，常深夜传出些响动。不过他们觉得，还是假装没听见为好。班头令人打开了那房门，见房内陈设不错。老板娘死后，那房子便一直空着，也无人来收房。班头列了财物清单，便把房子查封了。"

"我怀疑那份清单不完整。"狄公说道，"恐怕多数可搬动的东西现在已到了班头家。我疑惑的是，那家伙为何突然来了热情。唉，可惜那老板娘在这个当口死掉了。否则，她本可以告诉我们更多廖姑娘情人的事儿。于康来了吗？"

"他就坐在衙役值房里，大人。"洪亮答道，"我现在就去叫他。"

洪参军带于康进来，狄公感觉这个眉目清秀的后生好像真是病了。他的嘴巴紧张地抽动着，手足无措的样子。

狄公温和地说道："坐下吧，于康，我们的调查已有所进展，不过，关于你的未婚妻，我们还需要多了解一些情况。告诉我，你们认识多久了？"

"三年了，大人。"于康低声答道。

狄公眉毛一扬，说道：

"按照古训，若俩人订了婚约，到了婚龄即应成婚。"

于康急忙红着脸说道：

"大人，廖老员外极爱自己的女儿，似乎舍不得与她分开。而我的父母又远在南方。我的事，他们便托付给了楚大远楚老爷。我到北州以后，就一直住在楚老爷家里。他担心我成家后便不能随意差遣了，这也是能理解的。大人，他如父亲一般待我，我不应该催着他要早早成婚。"

狄公未置可否，却又问道：

"你认为菱芳是出了什么事？"

"我不知道啊！"年轻人叫道，"我想来想去，我害怕……"

狄公静静地看着，见于康坐在那儿绞着手指，眼泪从脸上流了下来。他突然问道，"难道是，你害怕她跟别人跑了？"

于康抬起头，挂着眼泪的脸上露出了笑容，说道：

"不是，大人，菱芳跟秘密情人？那绝无可能！没有的事儿，我至少可以确认这一点，大人。"

"若是如此，"狄公厉声说道，"我要告诉你一个坏消息，于康。前日里，在她失踪之前，有人看到她跟一个后生从市集的一个馆子里离开了。"

于康的脸瞬时变得灰白。他吃惊地盯着狄公，仿佛看到了鬼。然后，他突然大声叫道：

"我们的秘密被发现了！我完了！"

他抽泣着瘫坐在椅子上。

狄公示意洪参军给于康倒茶。年轻后生贪婪地大口喝着茶，然后稳了稳神说道：

"大人，菱芳自杀了，她的死都怪我！"

"于康，你从实讲来。"狄公靠在椅子上说道。

于康极力抑制住自己的情绪，然后讲了起来：

"大约两个月前的一天，菱芳跟她的奶妈到楚宅来送信儿，是她母亲捎给楚家大夫人的。当时楚夫人正在洗澡，她们便等了片刻。菱芳去到花园里散步，我在那儿遇见了她。我的屋子就在那附近，我劝她去我的屋子里……后来，我们便在市集上那家屋里偷会了几次。她那奶妈有个朋友在那附近经营着一家店铺，她自然也乐意菱芳去逛市集。这样，她便可以跟那老妇人闲聊去了。在她失踪前两天，我们在那里见了最后一面。"

狄公打断他，道：

"那么，从那屋子里出来的人就是你了！"

"是的，大人，"于康声音凄苦地答道，"是我。那天菱芳告诉我，说她好像是怀孕了。她害怕得要死，担心我们的不轨之事被人发现。我也十分惊恐。我知道廖老爷会把她赶出家门，楚老爷也会遣我回老家，这令我无地自容。我向她保证，会尽己所能争取楚老爷的同意，让我们早日成婚。菱芳说她也会如此这般请求她的父亲。

"我当晚便去找了我的主人，可是他大发雷霆，骂我是忘恩负义的混账东西。我偷偷写信给菱芳，让她尽力劝说父亲。然而，廖老爷显然也拒绝了她。想必可怜的姑娘走投无路，跳井自杀了。我这个不是人的东西，她的死都怪我！"

他突然大哭了起来。过了一会儿，他又结结巴巴地说道：

"这些天，这个秘密压得我喘不过气来，整日里想的都是她的尸体被发现了。这时候，那个恶人叶泰过来说，他知道我跟菱芳在我屋子里私会一事。我给了他钱，但每次他总想多要些！今天，他又来了……"

狄公打断他，问道：

"叶泰怎会知道你们的秘密？"

"显然，"于康回答说，"府里的老妈子刘妈在监视我们。她先前曾在叶家做过叶泰的奶妈。两人在楚家书斋过道里闲聊时，她将此事告诉了叶泰。当时叶泰正候在过道里等楚老爷，说是要谈生意。叶泰说让我放心，说那老妇人答应不会告诉别人的。"

"那老妇可打扰过你？"狄公问道。

"没有，大人。"于康答道，"不过，我也想过要跟她谈谈，以确保她不把事情说出去。可是，直到今日我才见到她。"看到狄公吃惊的表情，于康马上解释道："我家老爷将那大院分成了八个小院子，每个院子都各自有厨房和用人。主宅是楚老爷和大夫人的住所，包括他的书斋和我住的屋子。其余各处是其他夫人和用人们住的地方。因为用人多，家规也严，大家便都各自待在自己院子里。若要去找人私下里说话，并不是件容易的事。

"不过，今天早晨，我在书斋里跟老爷说完佃户账目的事，出来便碰见了刘妈。我问她，关于我和菱芳，她向叶泰都说了些什么，可她假装不知道我在说什么。显然她是向着叶泰的。"接着，于康凄楚地说道："不过，她现在说不说已无关紧要了！"

"没关系，于康。"狄公赶忙说道，"我有证据表明，菱芳没有自杀，她只是被人绑架了。"

"是谁干的？"于康叫道，"她在哪里？"

狄公抬起头，平静地说道：

"事情还在调查，你要保守秘密，不能惊动了菱芳的绑架者。叶泰若再来要钱，你就告诉他再等一两日。我相信，很快就会找到你未婚妻的下落，还有那个绑架她的坏人。"

"于康，你的行为是可耻的。你不是引导菱芳姑娘向善从良，而是利用她的感情满足你的不当私欲。婚姻之事并非一己之事，那是神圣的契约，关系到两个家族，无论活着的还是死去的。未及成婚，你便行那不轨之事，是亵渎了家族的祖先，更是败坏了你那未婚妻子的名声。同时，你还给了恶人绑架她的机会：他骗那姑娘说你在等她，然后便把她劫走了。你知道她失踪之事，却没有及时向本县说明实情，如此只能加剧她的痛苦。于康，你辜负了廖姑娘！现在你可以走了，等找到了她，本县自会再传你过来。"

年轻人还想说些什么，可一个字也没说出来。他转过身，跟跟跄跄地出门而去。

狄公的随从们立马炸了锅，但狄公抬手打断众人，说道：

"这就解开了廖姑娘的失踪之谜。必是叶泰那恶人将她绑架了。除了那个老妇人，只有他知道他们的秘密。哑巴男孩所说的戴风帽男子与他的样貌极为相符。那个帮他传假信儿的女人必是那租房的老板娘。但那老板娘没有带她去那儿，而是把她带到了另一个秘密之所。廖姑娘此刻就被叶泰关在那里——为满足他的私欲也好，或将其拐卖也好。此事必须查清楚。叶泰知道自己很安全，那可怜的姑娘自然不敢去找自己的未婚夫或父母。天晓得，她遭了怎样的罪！似乎这还不够，那个厚颜无耻的无赖竟还敲诈了于康！"

"大人，可否即刻便把那恶人抓了来？"马荣急切地问道。

"当然！"狄公说道，"跟乔泰一起去叶宅。这个时辰，那兄弟二人应该在吃晚饭。只要监视他们的住宅便可。叶泰若是出来，就跟着他，他会带你们去那隐秘之处。等他进了屋，你们便把那屋子里的人都抓来。擒拿叶泰，不必手软，只是不要伤他太厉害，否则到时无法问话！祝你们好运。"

# 九

马荣、乔泰马上领命离去，洪参军和陶干不久也去用晚饭了，狄公这才开始处理县衙的往来公文。

忽然，他听到低低的敲门声。"进来!"，他将公文推到了一边。他原以为是衙役送晚饭来了，可一抬眼，看到的竟是身材窈窕的郭夫人。

她披着一件灰色披风，愈发显得娇俏。她上前来道了万福，狄公随即便闻到一阵如桂芝般的草药香。

"请坐，郭夫人!"他说，"此处不是大堂，不必拘礼。"郭夫人在凳上浅坐，说道：

"大人，民妇斗胆来向大人禀报今天下午所拘那两位姑娘之事。”

“说吧。”狄公说着，遂又坐回椅内。他拿起茶杯，却发现里面是空的，便又放了下来。郭夫人赶忙起身，拿起案角上的大茶壶将茶杯续满。她说道：

“两位姑娘都是来自南方的农家女。去年秋天因庄稼歉收，父母将她们卖与一皮条客。那皮条客便将她们带到北州，卖给市集上的一个窑子。老鸨将两人安置在那个私宅，让她们做了几次如昨日那般勒索人的勾当。

“我看她们不算坏女子。她们厌恶眼下的生活，却也是无可奈何。她们被卖了身，老鸨手中拿着父母签字的身契。”

狄公叹了口气，说道：

“这些事情不稀奇啊。不过，那老鸨用私宅做此勾当，我们倒可以设法帮忙。那些恶人待她们如何？”

“意料之中的事。”郭夫人淡淡一笑，答道，“她们常挨打，还得卖力干活儿，打扫卫生，准备饭菜。”

说着，她用纤细的双手灵巧地整了整披风。

狄公不禁想着，多么可人的一个女子。

“不经官府许可，私开妓院是要受重罚的。”他说道，“但这没多大用处，老鸨自会花钱了事，然后再从那两个女子身上赚回来。若有人告她敲诈勒索，我们倒可以判那卖身契无效。既然你说她们是良家妇女，我会遣人送她们回到父母身边。”

“大人明鉴。”郭夫人说罢，站起身来。

她站在那儿，等狄公允她离开，狄公却想着要多跟她聊上一会儿。狄公心内懊恼，遂冲口说道："谢谢你及时禀报，郭夫人，你可以走了。"

她躬身退下。

狄公背着手踱起步来，感觉二堂里格外孤单和冷清。他想着，夫人们该到第一个驿站了吧，也不知道她们住的地方舒适与否。

不一会儿，衙役送来了晚饭。他很快用罢饭，站在火炉旁喝起茶来。

门开了，马荣垂头丧气地走进来说道："叶泰吃过午饭就出去了，大人。现在还没回来吃晚饭。有用人说，他经常跟其他几个赌徒在外面吃饭，到很晚才回家。乔泰还在监视他的住处。"

"可惜，"狄公遗憾地说道，"我本想尽快把那姑娘救出来。今晚再监视也没用了。明日，叶泰必与叶平一道来衙门看晨间的堂审，那时我们便可以抓了他。"

马荣离开后，狄公坐在椅子上，拿起公文，想再读下去，却发现自己根本静不下心来。叶泰竟然不在家，这令他颇为恼火。他开解自己，实在不该为此事恼火，可这恶棍为何要在今晚去他那隐秘之地呢？

眼看就该结案了，却弄得束手无策，实在令人发窘。莫不是那家伙刚在酒馆里吃了晚饭，正赶往那隐秘之地？戴着黑风帽在人群里可是很显眼的呀……想到此处，狄公忽然坐直了身子。他最后一次是在哪儿见到那戴风帽的？是不是就在城隍庙附近？

狄公猛地起身站了起来。

他走到靠后墙的大橱柜前，在各种旧衣堆里翻找着。他找着一件打着补丁的旧皮袄，好在看上去还算暖和。他穿上旧皮袄，摘了皮帽，围上一条厚围巾，把头和下巴都围上，又在二堂里找出一个药箱挎在肩上。他朝镜子里一看，俨然是江湖郎中的模样，遂自西门出了县衙。

天上细雪纷飞，狄公想着雪下不了多久，遂一路往城隍庙走。他细细琢磨着那些匆匆走过、裹在皮袄里的人们。可他看到的只有那些皮帽子，偶尔有一两个戴着突厥人的头巾。

他漫无目的地走了一阵儿，天放晴了。他仔细一想，若想偶遇叶泰，那可是大海捞针的事儿。他沮丧极了，想着原本也没指望能遇见叶泰，只是想换换环境罢了。不管到哪儿，都强过那个冰冷、寂寞的二堂……狄公烦透了自己。他静静地站在那里，四下看看，发现自己到了一条窄街之上。街上昏暗，周围没有一个人，他遂快步向前走，想着回到二堂再做点儿什么。

忽然，他听到西边不知哪里传来一阵呜咽声。狄公停下脚步，见一小孩儿蜷缩在一个门廊下的旮旯里。他急忙走上前，弯下身子一看，是个五岁大小的小女孩儿，正坐在那里茫然地哭泣不止。

"小姑娘，你怎么了？"狄公温和地问道。

"我迷路了，找不到家了！"小女孩焦急地哭道。

"我知道你家在哪儿，我带你回家吧！"狄公安慰道。说着，他放下药箱，坐在上面，将小女孩儿抱了起来。他看小孩儿穿着薄薄的棉衣，冷得直抖，遂解开自己的皮袄，将她裹住。很快，小女孩儿便不哭了。狄公说，"先暖和暖和。"

"然后你就带我回家，"小女孩儿满足地说道。

"对，"狄公答道。"你娘叫你什么来着？"

"梅兰，"女孩儿责备地怪怨道，"你不知道？"

"当然知道！"狄公说道，"我知道你的名字，王梅兰。"

"你说得不对！"女孩儿噘着嘴说道。"我叫陆梅兰。"

"哦，对，"狄公说，"你爹在那边开了个铺子……"

"你别逗我了！"女孩儿说着，一脸的失望。"爹爹死了，俺娘开了个棉花铺，你真是啥都不知道！"

"我是个大夫，平日里忙。"狄公辩解道，"现在告诉我，你娘带你上市集时，你们都从城隍庙哪边走的？"

"有两个石狮子的那一边，"女孩儿立刻答道，"你最喜欢哪一个？"

"爪子下有球的那一只。"狄公答着，希望这一回讲对了。

"我也是！"女孩儿高兴地说道。狄公站起身，单手将药箱挎在肩上，然后抱着小女孩儿朝城隍庙走去。

"要是俺娘给俺看看那只猫咪就好了。"女孩儿忧愁地说道。

"什么猫咪？"狄公心不在焉地问道。

"一天晚上，有人来看俺娘，他的声音很好听。我还听到他跟猫咪说话呢。"女孩儿不耐烦地说道："你不认识他？"

"不认识，"狄公答道。为让她开心，他又问，"他是谁呀？"

"我不知道，我想你认识的。他有时候夜里很晚才来。我听到他在跟猫咪说话，就问俺娘那个猫咪在哪儿。娘生气地说，我在做梦。可是我没有做梦。"

狄公叹了口气，想必那个陆寡妇有个秘密情人吧。

不一会儿，他们便到了城隍庙前。狄公跟一个店铺掌柜打听陆记棉花铺在哪儿，那掌柜遂指给他看。两人往前走着，狄公又问小女孩儿："你为何这么晚了还跑出来？"

"我做了一个噩梦，"女孩儿答道，"醒来很害怕，就跑出去找俺娘。"

"你为何不叫用人呢？"狄公问道。

女孩儿说："爹死之后，娘便让她走了。今晚家里没人。"

狄公在挂着"陆记棉花铺"招牌的门前停下，见店铺所在的这条小巷颇为僻静，但附近的住户看上去家境尚可。他敲了敲门，门很快便开了，出来一个瘦小的女人。她提着灯笼，上下打量一下狄公，然后生气地问道：

"你带我女儿做什么去了？"

"她跑出去迷路了，"狄公轻轻说道，"你该看好孩子，要不然她会着凉的。"

女人恶狠狠地瞪了狄公一眼。狄公见这女子三十来岁，容貌姣好，可不喜欢她眼中的狂野以及她那刻薄的薄嘴唇。

"管好你自己的事儿吧，一个江湖郎中！"她厉声说道，"我可没钱打发你。"说着，她把孩子拉进屋，"啪"的一声关上了门。

"真是个'爽气的'女人。"狄公咕哝着，耸了耸肩，遂又走回大街上。

行至一面食铺子前，他正要挤过人群，却碰到两个行色匆匆的大汉。前面那大汉生气地一把抓住狄公的肩膀，嘴里刚要骂，却猛地松开手，惊呼道："天哪！是我们狄大人！"

　　原来是马荣和乔泰。见两人一脸的惊讶，狄公笑了，遂有点自得地说道：

　　"我想着出来转转，看能否碰上叶泰，不想却遇到了一个迷路的小孩儿。这会儿我们可以一块儿去找那叶泰了。"

　　两名随从依然沉着脸。狄公关切地问道："怎么了？"

　　"大人，"马荣悲愤地说道，"我们正要回衙去禀报呢。兰涛贵在浴堂里被人杀了。"

　　"如何被杀的?!"狄公急忙问道。

　　"他被人毒死了，大人！"乔泰痛苦地答道，"太可恶了。"

　　"走，我们去看看！"狄公厉声说道。

　　通往温泉浴堂的大街上聚满了激愤的百姓，市集里正和他的手下正守在浴堂门口。里正等人刚要拦下狄公，狄公不耐烦地一把扯下围巾。见是县令大人驾到，众人赶忙退到一边。

　　进了浴堂大厅，一个身材魁梧的圆脸男人迎了出来，自称是浴堂老板。狄公从未来过这家浴堂，但知道这里有一眼温泉，听说是有康养的功效。

　　"带我去现场。"他命道。

　　那老板带众人来到热气腾腾的浴池前厅，马荣和乔泰脱掉了身上的袍子。

　　"除了内衣，最好都脱了吧，大人。"马荣提醒道，"里面更热。"

狄公脱着衣服，店老板在旁边解释道：

"前面那条过道，左边是个大的公共浴池，右边有十个小浴室。兰拳师总是在过道最里面的那个小浴室，那里比较清净。"

狄公推开厚木门，一股热气扑面而来，里面站着两个伙计，都穿着黑油布做的外衣和裤子，以防熏蒸过度。

"方才两位官爷让浴客们都出去了。"老板说道，"这里便是兰拳师的浴室。"

众人进到浴室，洪参军和陶干默默让狄公先进。狄公见浴室地面平整，中间有一下沉式水池，占了浴室的一少半，池里水汽蒸腾。池前有一石桌和一张竹榻。兰涛贵硕大的身躯赤裸着，蜷缩在桌子和竹榻间的地板上，五官扭曲着，脸色黑青，肿胀的舌头伸在外面。

狄公赶紧望向他处。他见桌上有个大茶壶，还有几张厚纸片。

"他的杯子在这儿！"马荣指着地板说道。

狄公俯身一看，杯子已然打碎，遂捡起碎杯底，上面仍残留着少量的黄色液体。他将杯底小心地放到桌上，问那老板："是如何发现的？"

"兰拳师有个习惯。"老板答道，"每隔两日，在傍晚的同一时辰，他便会到这儿来。他先是在池里泡一会儿，然后喝杯茶，再练一会儿功夫。我吩咐伙计们不要去打搅他。大约半个时辰后，他自会开门唤伙计上新茶。之后他再喝几杯，便穿衣服回家去了。"

他咽了口唾沫，继续说道：

"这里的伙计都喜欢他，所以兰拳师每次走之前，常会有伙计在门外过道里候着。今天他没有开门。那伙计等了半天没动静，便去叫我过来，他不敢擅自打扰兰拳师。我知道他的习惯，担心他生病，遂赶快打开了门……没想到会是这样！"

众人沉默了一会儿。洪亮说道：

"里正派人去县衙禀报，大人不在衙里，我们便马上赶过来保护现场。我跟陶干已查问过这里的伙计，马荣和乔泰也为所有离开的浴客做了登记，可并没人注意过兰拳师的小浴室。"

"是如何在茶中投的毒？"狄公问道。

"大人，定是在这房间里投的毒。"洪参军说道，"我们注意到，所有茶壶里的水都是从前厅大桶里取的，里面有沏好的茶水。若凶手将毒投到了大桶里，所有的浴客都会中毒。兰拳师从来不锁门，我们推测，是凶手溜进来在他杯里投毒后离开的。"

狄公点了点头，指着杯子碎片上沾着的一小片白色花瓣，问老板道：

"你们这儿是茉莉花茶？"

老板摇了摇头，肯定地答道：

"不是，大人。我们供不起那样贵的茶！"

狄公吩咐陶干道：

"将剩下的茶都倒到一个小罐里，将茶杯底座和碎片用油纸包了。小心别碰了那茉莉花！将茶壶也封了，一并带走。让仵作来验，看壶里的茶水是否也有毒。"

陶干缓缓点了点头。他仔细琢磨着桌上的厚纸片，然后说道：

"看，大人，凶手进来的时候，兰拳师在拼他的七巧板！"

所有人都望向那些纸片。纸片似乎是被随意摆放着的。

"我只看到了六片，"狄公说道，"找一下那第七片在哪里。应该是那第二个小三角才对。"

随从们在地上寻找纸片的时候，狄公静静地站在那里，看着那尸体。忽然，狄公说道：

"兰拳师的右手握着，看看里面是否有东西。"

洪参军小心掰开死者的右手，见一个小三角纸片沾在了手心里。他将纸片交给狄公。

狄公高声说道：

"这说明兰拳师喝了毒茶后才摆弄的这些纸片的！难道他是要留下凶手的线索？"

"好像是，他跌倒的时候胳膊碰到了纸片，"陶干说道，"现在这个图形，看不出什么意思来。"

"陶干，"狄公说道，"将这些纸片的位置画下来，等我们闲

下再做研究。洪参军，告诉里正，把尸体送到县衙。你们再把这房间仔细勘查一下。我现在去查问账房。"

说罢，狄公转身离开浴室来到前厅。他穿好衣服，命店老板带他去浴堂入口的账房。

到了账房，狄公在收银盒旁边的小桌子边坐定，问那流着汗的账房道：

"你可记得兰拳师是何时来的浴堂？无须紧张，伙计，你一直都在这账房里，你是唯一一个不可能作案的人。讲吧！"

"我记得很清楚，老爷！"账房结结巴巴地说道，"如往常一样，兰拳师是傍晚来到这儿的，付了五个铜板便进去了。"

"就他自己吗？"狄公问道。

"是的，大人，他总是一个人来。"账房答道。

"我想，这里的浴客多半你都认识吧。"狄公追问道，"你还记得兰拳师之后进来的浴客吗？"

账房蹙起眉头。

"大概记得，大人，"他说道，"兰拳师是北州名人。对小人来说，他就是标志，以此可分为前后两段。他来之后，跟着进来的先是刘屠户，买了两个铜板的大池票。然后是廖会首，买了五个铜板的小池。然后一起进来四个后生，都是些市集上的无赖汉。再往后……"

狄公打断说道："这四个人你可都认识？"

"是的，大人，"账房挠了一下头，又接着说道，"确切地说，我认识其中的三个。第四个人是第一次来，是个小伙子，穿着突厥人的黑色衣裤。"

"他买了什么票?"狄公问道。

"他们都是买了两个铜板的大池票,我给他们的是黑牌。"

狄公抬起头,老板急忙从墙上的搁架上取出两块黑牌,每个上面都带着一个绳环。

"这就是我们的洗澡牌,大人,"他解释道,"黑牌代表大池,红牌代表小池。浴客将澡牌的半个留给前厅的伙计,伙计便将他们的衣物收起来。然后他们拿着写有同样数字的另半个浴牌洗澡。洗完后,他们把这半个浴牌给伙计,取回自己的衣物。"

"你们这里就这一种做法吗?"狄公冷冷问道。

"哦,大人,"老板歉然道,"这么做只是为了防备有人不付钱溜进来偷洗澡,或是穿走别人的衣服。"

狄公心里明白,不能指望从老板那里得到更多的消息了。他问账房:

"那四个后生离开的时候,你看到了吗?"

"我也拿不准,大人,"账房回答道,"发现凶案后,众人都十分惊慌,我……"

洪参军和马荣走进来禀报,浴室里没发现什么更有用的线索。狄公问马荣:

"你跟乔泰查问浴客时,可曾见过穿突厥衣服的年轻人?"

"没有,大人,"马荣答道,"我们将每个浴客的姓名和住址都做了记录,若有人穿突厥人的服饰,我肯定会注意到的,这儿穿突厥衣服的人不多。"

狄公回身吩咐账房道：

"你去外面看看，那街上的人里，可有那四个后生中的一个。"

账房出去后，狄公静静地坐在那儿，用木浴牌轻轻地敲着桌子。

账房带着一个后生走了进来，后生紧张地站到狄公的面前。

"你那突厥朋友是谁？"狄公问道。

那后生不安地看了狄公一眼，结结巴巴地说道："我真的不知道，大人！前日我就见过那个人，当时他在门口转悠，可就是没有进来。今晚，他又来了。我们进来时，他也便跟了进来。"

狄公让他讲一下那人的样貌。

后生看上去实在吃力。他犹豫片刻，说道：

"我记得，他个子不高，有些瘦弱，戴着突厥人的围巾，裹了头和下巴，也看不到他有没有胡须，但小人见他头巾下露出一缕卷发。小人的朋友想跟他搭讪，可他只恶狠狠地瞪了我们一眼。我们也只得作罢。那些突厥人常随身带有长刀，并且……"

"洗澡的时候，你也没再多看上他一眼吗？"狄公问道。

"他必是去了单间小池了，"后生答道，"我们未在大池里看到他。"

狄公望了后生一眼，粗声说道："好了！"

后生匆忙退下时，狄公对账房命道："数数你的澡牌。"

账房忙不迭地数起了澡牌。狄公在一旁看着，缓缓捋着胡须。

最后账房说道："奇怪了，大人。一个黑牌，三十六号，没了。"

狄公猛然站了起来，回身对洪亮和马荣说道：

"回县衙，这里的事结了。起码我们知道凶手是如何进来，又是如何溜出去的。他的样貌也已知道个大概。走吧！"

次日上午县衙升堂，狄公命郭药师查验兰拳师的尸身。大堂里挤满了百姓，还有北州当地的许多名人。

郭药师做完尸检，向狄公禀报说道：

"死者死于一种剧毒。此种剧毒生长于南方，是一种蛇树根粉。把茶壶里的茶样、碎杯底上的茶渍分别喂给病狗喝。茶壶里的茶水证明是无毒的，而杯底的茶被狗舔食后，狗没多久便死了。"

"毒药是如何被投进茶杯的？"狄公问道。

"我以为，"郭药师答道，"那干的茉莉花瓣应是沾毒后被偷偷放到杯子里的。"

"为何会有此推断?"狄公问道。

"那粉末,"郭药师解释道,"有一种独特的气味,虽然很淡,但若与热茶混合,仍会引人注意。但若投到茉莉花里,后者的香味会将药粉的气味掩盖。我把没有茉莉花的剩茶加热,并未闻到异味。故此推断毒药在茉莉花上。"

狄公点了点头,命郭药师在尸格上签字画押。然后,他一拍惊堂木,说道:

"已故的兰涛贵师傅被人下毒杀害。他是一位杰出的拳手,曾在北方诸州的拳赛中屡获头名。他德高望重,大唐,尤其是以他为荣的北州,都为他的逝去而感到悲痛。本县会竭尽全力缉拿凶犯,以告慰兰拳师的在天之灵。"

狄公再拍惊堂木,向众人说道:

"本县现在审理叶氏与潘锋夫妇一案。"他示意班头将潘锋带到堂前,然后说道:"请主簿宣读有关潘锋行踪之证词。"

老主簿起身宣读了两个兵卒的证言,并说明了衙役在五羊村的勘查结果。

狄公宣道:

"根据证人证言,潘锋所言十五、十六日之行踪属实。本县以为,若是潘锋杀了自己的妻子,他必不会任妻子的尸身暴露在那里,哪怕是暂时藏起来,也不会选择逃城二日。本县以为,所控潘锋有罪之证据不足。原告须表明自己的态度,是提供更多的证据,还是提出撤诉。"

"大人,"叶平急忙说道,"小人请求撤诉。因妹妹惨死,小人一时糊涂，错告潘锋。恳请大人原谅小人的鲁莽，也恳请一并宽恕我那兄弟叶泰。"

"将此记录在案。"狄公说罢，侧身向前，望着堂下众人又道：

"叶泰为何今日未到？"

"大人，"叶平说道，"小人不知他出了何事。他昨日午饭后出去，至今未归。"

"你兄弟经常在外面过夜吗？"狄公问道。

"从来没有，大人！"叶平担忧地答道，"他经常回来很晚，但从未在外留宿过。"

狄公蹙眉说道：

"待他回来，你要让他即刻到大堂来补报。他须亲自撤回对潘锋的控告。"

他再拍惊堂木，然后宣道：

"潘锋当堂释放。本县会继续查找谋害叶氏的凶手。"

潘锋慌不迭地叩头谢恩。等他站起身，叶平急忙走上前去，向他致歉请求谅解。

狄公吩咐班头，让他把妓院老鸨、两个皮条客和两个妓女带上大堂。他将业已作废的卖身契交与两个女子，告诉她们是自由之身；然后判妓院老鸨和两个皮条客三个月的监禁，另加鞭刑。三人齐喊冤枉，其中叫得最厉害的是老鸨。在她看来，背部被抽鞭子可以痊愈，可买那两个姑娘的钱怎可能再收回。这边，班头带人将三人拖回了监牢；那边，狄公告诉两个女子，可以暂时先在衙门厨房里干些杂活儿，等驻军的车队出发时，方可送她们回乡。

两个女子在案前跪倒，感激涕零。

退堂后，狄公命洪参军唤楚大远到二堂来见。

回到二堂，狄公在书案后坐定，示意楚员外落座。他的四位随从照旧坐在书案对面的凳子上。哀伤静默中，一衙役为众人上了茶。

狄公言道：

"昨夜我没有跟进分析兰拳师遇害一案，是因我想先看一下尸检的结果。还有，我也想听一下楚员外的看法，你们是多年的好友。"

楚大远开口说道：

"我定会全力协助抓捕那杀害拳师的恶人！他是我所见过的最好的拳师。大人您看，那可恶的凶手究竟会是哪个？"

"凶手是个年轻的突厥人，或至少穿着像突厥人。"狄公说道。

洪参军瞟了一眼陶十，然后说道：

"大人，我们一直在想，那后生为何要谋杀兰拳师。要知道，马荣和乔泰所列的浴客名单上有六十多人呢。"

"但是，"狄公说道，"那六十多人没有任何一人可以神不知鬼不觉地进出兰拳师的浴室而不被人发现。凶手知道，浴堂伙计穿着黑色的油布衣，这和突厥人的黑色衣服很相似。凶手跟着三个后生进了浴堂，在前厅他没有交浴牌，而是假装伙计直接进了过道。记住，浴堂里蒸汽腾腾，人看不十分清楚。他溜进兰拳师的浴室，将有毒的花放到了杯里，然后就溜走了。那人可能是从伙计们进出浴堂的入口溜走的。"

"这个狡猾的恶人！"陶干叫道，"想得倒周全！"

"不过还只是些线索，"狄公说道，"那凶手自然会毁掉突厥黑衣和浴牌。但是，他必不会料到，兰拳师在垂死挣扎中用那七巧板拼了一个图，这个图或许隐藏着罪犯身份的线索。还有，想必兰拳师是了解此人的，而且那后生的描述也让我们对他有个大致的了解。楚员外可以讲一下，兰拳师一众弟子中，可有这样身材瘦小且留了长发的？"

"没有，"楚大远马上答道，"他的弟子我都熟悉，个个膀大腰圆。拳师让他们都剃了光头。这样一个顶级拳师竟被下毒害死——还是此等下流、卑鄙的手段，真是可耻。"

众人沉默不语。陶干缓缓捻着左颊上的三根长毛，忽然说道：

"下流之人的手段，不会是妇人所为吧？"

"兰拳师从来不招惹女人。"楚大远鄙夷地说道。但陶干摇了摇头说道：

"这也许正是被妇人毒害的缘由。兰拳师可能拒绝过哪个妇人的追求，因而招致那妇人强烈的憎恨。"

马荣也附和道："这一点我很清楚。我曾多次听舞女们报怨，说兰拳师不看她们。似乎他的自律反而更吸引女人注意，天知道是为什么。"

"荒唐可笑！"楚大远生气地叫道。

狄公一直静静地听着。他说道：

"这个想法我也曾有过。一个瘦小的女人装扮成突厥后生，并非难事。但若如此，她必是兰拳师的情人。因为她进到房间里，兰拳师并未想过盖上身子，因那汗巾还挂在架子上。"

"不可能！"楚大远喊道，"兰拳师和情人？根本不可能！"

"我现在想起来了，"乔泰缓缓说道，"昨日去找他，说到女人，他意外说出一番颇为苦涩的话来，大约是女人会耗干男人精力之类的话。平日里，他的话语是很温和的。"

听罢，楚大远生气地嘟囔不已。狄公从抽屉里拿出陶干给他做的七巧板，用其中的六块复原了在浴室桌上的图样。他尝试着加上那个三角形，以完成这幅拼图。过了一会儿，他说道：

"倘若兰拳师是被妇人所害，这图样可能包含了那女人的身份线索。可是，他倒地时图样被打乱了，未来得及摆上最后一个三角形便死去了。这便难了。"

说着，他推开这些纸片，继续又道：

"无论如何，当紧的是要去调查兰拳师周围的每一个人。楚员外，我提议你跟马荣、乔泰，还有陶干商议一下，看如何分工，以便可以马上分头行动。洪参军，你去市集找那另两个后生，以便查问那突厥人的样貌。若客气一些，请他们喝上两杯，或许能问出更多有用的消息。马荣有他们的名字和地址。洪参军，出去顺便让郭药师来一趟，我想再了解一些那毒药的事。"

楚大远和四个随从告辞离开后，狄公慢慢地喝了几杯茶，遂又陷入了沉思。叶泰的失踪令人担忧。难道这恶人已觉察自己被衙门盯上了吗？狄公起身在屋里一边踱步，一边想着，潘叶氏的谋杀案尚未了结，又出了兰拳师的投毒案。真是千头万绪，哪怕先解决廖姑娘的失踪案，也算是个解脱啊。

郭药师进来，狄公与他寒暄几句，遂坐了下来，并示意药师也一并坐下。然后，他说道：

"你是药师，应能说出凶手是怎么弄到那毒药的。这药一定很稀有吧。"

郭药师抬手把额前的头发捋到一边，手放在膝上，说道：

"大人，只可惜，那药并不难弄到的。若少量使用，那是一味很好的保心药，故许多药铺里都有此药。"

狄公叹了口气。"看来，我们也很难由此找到线索了。"他摆弄着眼前的七巧板，接着又道，"或许这个谜图是个线索。"

郭罗锅儿摇了摇头，叹气道：

"大人，我觉得很难。一旦毒发，那毒药便会引起剧烈的疼痛，人很快便会死掉。"

"可是，兰拳师是个异常坚强的人，"狄公言道，"拼这七巧板他也十分拿手。他知道自己没法开门去叫伙计了。我猜测，他极力想以此法来传递凶手的信息。"

"的确如此，"药师应道，"他很擅长七巧板拼图。往常他来我家，顷刻之间便能拼出各种图案来，让我们很是惊羡。"

"可我怎么也看不出，这个图形到底意味着什么。"狄公言道。

"大人，兰拳师人品极好，"药师若有所思地说道，"他听说市集里那些个恶人常欺辱我，就根据我臂强腿弱的特点专门设计了一套拳术，还耐心地教我如何去打。自那以后，便没人敢来欺负我了。"

狄公并未留意郭药师最后的话，只顾摆弄那七巧板。忽然，他看到自己摆出了一个小猫的图形。

但是，他很快又将图形打乱。毒药，茉莉花，猫……他不想沿着这个思路想下去。见郭药师一脸诧异，狄公赶忙掩饰道：

"是这样，我忽然想起昨夜的事，一件奇怪的事。我把一个迷路的小女孩儿送回了家，可她母亲却对我出言不逊。那是个寡妇，颇令人不快。从那孩子天真的话语中我推测，她定有个秘密的情人。"

"她叫什么名字？"药师好奇地问道。

"她夫家姓陆，经营着一个棉花铺。"

药师一下坐直了身子，惊讶地说道：

"那可是个恶妇，大人。五个月前，我曾跟她打过交道，当时她丈夫死了。那件事也颇有些奇怪。"

狄公仍在为拼出的猫图而困惑着，想起兰拳师经常到药铺去。他漫不经心地问了一句：

"那个棉花商人的死有什么奇怪吗？"

郭药师犹豫片刻，答道：

"那件事，之前的县令大人处置得也确是有些草率。不过，当时突厥人袭扰北镇军，大批难民涌入城内，县令大人忙得要命。棉花商死于心疾，县令大人自然不想花太多时间处置此事，这我也能理解。"

郭药师看起来一脸的不高兴。"问题是，大人，"他接着说道，"根本没有验尸！"

狄公全神贯注地听罢，遂靠坐回椅子里，大声说道：

"讲详细一点。"

"那天傍晚，"郭药师说道，"是陆家女人跟匡大夫一起来的，匡大夫是这一带有名的大夫。大夫说，那日午时，陆明陆掌柜抱怨说头疼，便先躺下了。没多久，他老婆便听到他的呻吟声。可待她进到卧房，却发现他已经死了。她去叫了匡大夫，匡大夫查看了尸体。她向匡大夫说，她丈夫总是抱怨心力虚弱。匡大夫问他午饭吃了什么，陆家女人说他吃得不多，可为了压住头疼喝了两壶酒。于是，匡大夫签了证明，称陆明死于心疾，乃过量饮酒所致。由此，前任县令大人便按此做了死亡认定。"

狄公一言不发。药师继续说道：

"我恰巧认识陆明的兄弟。他告诉我说，在帮着入殓的时候，他看见自己死去的哥哥，脸色倒是正常，只眼球是往外凸的，显然是由于脑后受了击打所致。我去问那陆家女人，想知道更多的细节，可那女人对我大喊大叫的，还骂我多管闲事。后来，我斗胆向县令禀报了此事。可是，县令说他相信匡大夫的判断，认为不必进行尸检。如此，事情也便了结了。"

"你跟匡大夫讲过此事吗？"狄公问道。

"我去跟他谈过几次，可他每次都在极力回避。"郭药师答道，"后来听人说，匡大夫好弄巫术。他跟着难民们出城南去之后，便再没听到过他的消息。"狄公缓缓捋了捋胡子，过了一会儿说道：

"此事的确有些怪异！这儿还有人行巫术吗？要知道，行巫术按律那是死罪。"

郭药师耸了耸肩，说道：

"北州这个地方，许多家族都有突厥人血统，大都有突厥巫师的秘术。有人说，他们念咒语，或焚烧或剪掉那些人像上的头，便可让对方死去。据说还有人深谙道家法术，认为与女巫或妖精做情人可以延年益寿。我认为这些不过是迷信罢了，可兰拳师却对此做过研究，还说其中有些说法是可信的。"

"圣人训，"狄公不耐烦地说道，"子不语怪力乱神。我无法想象，一个如兰拳师这般明智之人，会浪费时间研究这些个怪诞之事。"

"大人，他兴趣颇广。"药师迟疑着说道。

狄公继续说道：

"好吧，很高兴听你讲起那陆家之事。我会召她来县衙，查问一下她丈夫死亡的细节。"

说罢，狄公拿起一份公文，郭药师遂躬身退下。

郭仵作重提旧案疑情（高罗佩　绘）

# 十二

一等郭药师关上门离开，狄公遂把公文丢在书案之上。他抱臂坐在椅上，徒劳地想理清那些令人困惑的说法。

最后，他起身换上狩猎服，想着出去走走，或许能让头脑清醒一下。他吩咐马夫给他备好爱驹，遂骑马出了衙门。

狄公先是在老校场策马跑了几圈，然后又骑马到了大街，由北门出城而去。狄公在雪地上按辔徐行，自山路下到一片开阔之地，上面覆盖着厚厚的积雪。见天色灰暗，他想又快要下雪了。

再往前走，便见路东边有两块大石头，便知那便是通往药王山的小路。狄公想着，不妨上去转一圈再回家。于是，他沿着小路一路骑上去，直骑至陡坡处方才下了马。他拍了拍马背，遂将缰绳拴在旁边一棵树桩上。

他正要继续沿坡上山，却忽然停了下来，只见雪地上有些个刚走过的小脚印。他犹豫着是否还要向前。迟疑了一会儿后，他还是决定爬上眼前的山崖。

山崖顶上树木不多，一棵蜡梅树格外显眼，黑色的树枝上满是红色的花蕾。上到山崖，他见远处栏杆旁有一个穿灰色披风的妇人，正用小铲子在雪地里挖着什么。听到靴子踩在雪地上发出的嘎吱声，那妇人急忙转过身来，将铲子放到脚下的篮子里，起身向狄公躬身致意。

狄公发现站在眼前的竟是郭夫人，遂赶忙上前说道：

"我看，你是在采月亮草吧。"

郭夫人点了点头。在那皮风帽的衬托下，她那精致的脸庞愈发显得迷人。

"大人，我运气不好，"她微笑着说道，"只采到了这一点点！"说着，她指了指篮子里那一小束草药。

"我来这儿走走，"狄公说道，"想清醒清醒。这一日，兰拳师的谋杀案真是令人焦头烂额。"

郭夫人听罢，脸色突然沉了下来。她一边拉了拉披风，一边喃喃地说道：

"真不可思议。他可是个健壮之人。"

"再强壮之人，对毒药也是毫无防备之力啊。"狄公冷冷答道，"对那毒恶之人，我已大致有了些线索。"

郭夫人突然睁大了眼睛。"此人是谁，大人？"她用极低的声音问道。

"可能是个妇人。"狄公马上回道。

她点了点头说道：

"肯定是，拳师与家夫交好，故此我也常能见到他。他为人和善，总是彬彬有礼，对我也是。可是，他还是让人觉得，对女人是……不一样的。"

狄公问："此话怎讲？"

郭夫人慢慢答道：

"是这样，他似乎……不了解女人。"

说着，她脸上泛起一阵红晕，随即低下了头。

狄公感到有些不自在，遂走到栏杆边上，向下望去。突然，他不自觉地向后退了一步，下面是一个五十多尺高的陡直的悬崖，崖底可见尖锐的石头裸露在雪地上。

望着远处的平川，他不知道接下来该说些什么。忽然，他想到另一个人……有个念头一直困扰着他。他转身问郭夫人道：

"前日，我在你家见到的那些猫，是你丈夫的还是你养的？"

"我们两个人的，大人。"郭夫人轻轻答道，"家夫见不得动物遭罪，他常常将流浪的或生了病的猫带回家来，我便照看它们。现在，我们大大小小养着七只猫。"

狄公心不在焉地点了点头，看了那棵蜡梅树说道：

"花开时，那树必是十分漂亮。"

"是的，"她热切地说道，"马上便会开花了。诗人是怎么讲来着……大约是，可以听到花瓣落到雪上的声音？……"

狄公记得那首古诗，可他只说道：

"我记得有诗句讲这样的场景。"然后，他忽然大声说道：
"好了，郭夫人，我得回县衙了。"

她赶忙道了个万福，狄公遂也告辞下山。

回到县衙，狄公一边用饭，一边又想起跟仵作的谈话。衙役
送来茶水，他吩咐唤班头过来。班头来了，他对班头命道：

"城隍庙那边有个陆记棉花铺，去把那店主带来。我想问她
几个问题。"

班头走了以后，狄公一边品着茶，一边懊恼地想着，或许，
再提起陆明之死这件旧事是个愚蠢的做法，现在这两个谋杀案还
悬而未决呢。但是，仵作的话引起了他强烈的好奇，并令他无法
集中精神办其他的疑案，尽管那些疑案让他焦头烂额。

他躺在竹榻上想休息片刻，却怎么也睡不着，总翻来覆去地
回忆那首关于落花的诗。忽然。他想了起来。那是两百多年前的
一首诗，题名为《后宫冬夜》：

> 孤寂冬天孤鸟鸣，孤单心声谁人听。
> 旧日往事心头绕，欢愉过后一场空。
> 新欢难平旧日恨，蜡梅老枝焕新生。
> 推窗望见摇曳树，细听花瓣落雪中。

诗不算太出名，她或许只是在哪本书中读到过最后两句；或
许她知道整首诗，却有意只提及了最后两句？他眉头紧蹙，生气

地站起身。他历来喜欢有哲理的诗句，认为爱情诗是浪费时间。然而此时，这首他未曾关注过的诗里，他却体味到一种别样的感受。

心中有些恼火，他便去到茶炉边用热汗巾擦了擦脸，然后又重坐回书案旁，开始翻阅老主簿送来的公文。班头进来时，狄公正在专心批阅公文。

看班头一脸的不高兴，狄公问道：

"怎么了，班头？"

班头紧张地抹了抹自己的八字胡，答道：

"回大人话，那陆家女人不跟我来县衙。"

"这是为何？"狄公吃惊地问道，"她以为自己是谁？"

班头抱怨着说道：

"那女人说，我没有缉捕令，她便拒绝跟了来。"

狄公正要生气，他又急忙说道："她对我破口大骂，声音很大，引来一群百姓将我等围住。她喊着国有国法，说衙门不能无缘无故传唤一个良家妇女。我想把她拖了来，可她一直反抗，百姓们都站在她那一边。于是，我想着还是先向大人禀报吧。"

"她想要缉捕令，那就给她一个！"狄公生气地说着，遂拿起毛笔，很快填了一纸公文递与班头说道：

"带上四名衙役，去将那妇人捕了来！"

班头随即离去。

狄公在屋内踱步。

陆家这泼妇！狄公由此便想到自家的夫人们，他觉得自己够幸运了。大夫人颇有教养，是父亲好友之长女。多年来，两人已达成默契，狄公每每遇到困难，她总能给予支持和宽慰。他们的两个儿子更是给生活带来不少快乐。二夫人虽未念过多少书，可人长得漂亮，又通情达理，将家务打理得井井有条。她生的女儿也继承了二夫人的优点。三夫人是在他首任蓬莱县令时纳娶的。她遭逢不幸，成了无家可归的女子。狄公先是把她带回家，让她做了大夫人的丫鬟。大夫人很喜欢这女子，不久便坚持让狄公纳她为妾。起初，狄公是反对的，认为那是仗着自己有恩于她。但当她向狄公表达自己的爱慕后，狄公便也接受了，且从未后悔过。这女子活泼可爱。现在好了，他们四个人可以一起打牌了，这正是狄公所喜欢的。

他忽然想起，对于夫人们而言，想必北州的生活是无聊的吧。眼看新年就要到了，他想着要给夫人们准备些礼物，遂去到门口，叫来衙役问道：

"我的随从们还没来吗？"

"没有，大人，"衙役答道，"他们在大堂上跟楚大远商议了很久，后来便一道出去了。"

"让马夫把我的马牵来！"狄公命道。他想着，在随从们收集有关兰拳师被害一案的线索时，他最好去看一下潘锋，顺道再去一趟叶平的纸铺，问问叶泰可曾回来。他有一种不祥的预感，叶泰的失踪实在蹊跷。

十三

行至纸铺，狄公勒马停下，告诉门前的店小二，说要见叶平。

老纸商闻讯，赶忙迎了出来。他恭敬地请狄公进店喝茶，可狄公并未下马，只说看看叶泰回来没有。

"没有，大人，"叶平一脸不安地答道，"他还没有回来！我已让下人到他常光顾的酒馆、赌场四处去找了，可至今不见他的人影。我真担心他遇到了什么麻烦。"

"若今晚他还没回来，"狄公说道，"本县就让人绘了他的画像四处张贴，同时也告诉巡逻队。不必太过担心，本县觉得你那兄弟不太会像是被劫匪打劫了，也不太像是被坏人害了。他回来与否，晚饭后告我一声。"

说罢，狄公策马向潘锋家奔去。潘锋家地处偏僻，周围显得颇有些荒凉。这个时辰，已临近晚饭的当口，街上空无一人。

狄公在潘家院门前下了马，将马拴在墙上的铁环内。他用鞭柄在门上敲了多次，潘锋才来开了门。

看到狄公，潘锋一脸惊愕，将狄公迎入屋内。他十分愧疚地说屋内没火，遂又说："我赶快去作坊里把铜炉搬来！"

"不必麻烦了，"狄公应道，"我们可以去那儿说会儿话。我喜欢看人们干活儿的地方。"

"可那里乱得很！"潘锋喊道，"我还没来得及整理呢！"

"无妨，"狄公大声说道。"前面带路吧。"走进潘锋的作坊，狄公觉得这里更像是一个旧家什铺。地上堆满了大大小小的瓷瓶，还堆着两个包装箱；桌子上散放着一些书、盒子和包装物。铜炉里的炭火烧得正旺，不大的作坊里倒是格外的暖和。

潘锋帮狄公脱下了厚皮袄，请他坐在铜炉旁的凳子上。接着，这古董商又急忙跑进厨房，去准备茶。桌上铺着块油布，上面放了一把刀。狄公好奇地看看那把刀。狄公方才敲门的时候，潘锋显然正忙着清理那把刀。桌子旁边放个大家伙，上面盖着一层湿布。出于好奇，狄公正要揭开那块湿布，潘锋进来了。

"别动！"潘锋急忙喊道。

狄公吃惊地看了他一眼，潘锋赶忙解释道：

"那是个小漆桌，我正补着呢，大人。油漆未干，不能用光手去摸，否则会引起严重的皮肤感染。"

狄公忽然想起以前曾听人说过，油漆中毒后非常可怕。潘锋在旁边倒茶，狄公说道：

"你这把刀很漂亮！"

潘锋拿起了那把大刀，小心地用拇指试了试刀锋，说道：

"是的，这刀有五百多年了，原先是庙里祭祀时专门宰牛用的。刀锋依然很锋利。"

狄公喝了口茶。四周分外安静，一点声音都没有。

"很抱歉，"他忽然说道，"我要问个颇为迂腐的问题。杀害你老婆的人事先便知道你要出城，想必是你老婆告诉他的吧。你是否想过，她会跟哪个男人有关系？"

潘锋脸色发白，不安地看了狄公一眼。

"我承认，"他不悦地说道，"过去两个月来，我老婆对我的态度变了。这些事儿很难说清楚，可是……"

他犹豫了一下，见狄公没有说话，遂又继续说道：

"我不想随意猜测，可我还是禁不住想，此事可能跟叶泰有关。我不在家时，他常来找我老婆。我老婆有几分姿色，大人，我有时候甚至怀疑叶泰劝她离开我，以便他可以将她卖与富人做妾。我老婆爱慕虚荣，我自然无法给她昂贵的礼物，因此……"

狄公淡然说道："除了那几个带宝石的金镯子。"

"金镯子？"潘锋吃惊地喊道。"大人一定是搞错了吧！她只有一个银手环，是她姑妈给的。"

狄公站了起来。

"潘锋，你别糊弄我，"他厉声说道，"你当然知道，你老婆有两个大金手镯，还有几个金簪。"

"不可能，大人！"潘锋激动地说道，"她从来没有这些物件。"

"你过来，"狄公冷静地说道，"我来指给你看。"

他走进卧房，潘锋后脚跟了进去。狄公指着那些衣箱，命道："打开上面那只，你就能看到里面的珠宝了！"

潘锋打开箱盖，狄公看到，箱子里凌乱地堆着些妇人的衣服。他清楚记得，前日箱子里的衣服还是叠放得整整齐齐的，且陶干查看过箱子后又仔细把它们放回了原处。

潘锋将衣服取出来，堆放在地上。狄公专注地看着。箱子清空后，潘锋释然，叫道：

"大人您看，这里没有珠宝！"

"让我看看，"狄公说着，遂将潘锋推到了一边。他站在箱子旁边，将那箱底暗格打开，却发现里面也是空的。

他直起身子，冷静地说道：

"你不是个聪明人，潘锋，将那些珠宝藏起来对你没什么好处？你要说实话！"

"大人，我发誓，"潘锋急切地说道，"我真的从来不知道那些暗格子。"

狄公站着想了一会儿，然后细细查看了一下屋子。忽然，他走到左边窗子前，拉开那个看着有些弯曲的铁闩，见铁闩已经断为两截。他又查看了另一个铁闩，发现也被锯断了。他小心将铁闩放回原位。

"你不在家时，窃贼已经来过了。"狄公说道。

"可是，从大堂回来后我检查过，钱分文未少啊。"潘锋惊恐地说道。

"那些衣服呢？"狄公问道，"我勘查这屋子时，箱子里是满着的。你看看可有什么衣服丢失了？"

潘锋翻着那些凌乱的衣服，然后说道：

"是的，有两件带貂皮衬里的贵重长袍不见了。那是结婚时她姑妈给的嫁妆。"

狄公缓缓点了点头，四处看了一下，说道：

"似乎还有其他东西也丢了吧。我想一下……那个角落里原来有个小圆桌。"

"是的，"潘锋说，"正是我修补的那个。"

狄公静静地站着，陷入了沉思。他手捻着胡须，头脑中渐渐有一个清晰的想法。

真愚蠢，为何没早想到这一点！珠宝的线索一直就在那儿。凶手一开始就犯了一个错误。怎么没注意到这一点！现在想来，一切都顺理成章了。

过了一会儿，狄公从沉思中回过神来，对着一脸惊恐的潘锋说道：

"我相信你说的是真话，潘锋。我们再去其他屋里看看。"

回到作坊，狄公在旁边喝着茶，潘锋则戴上手套，将那小圆桌上的湿布揭开，说道：

"这就是大人所讲的那个漆桌，是个不错的老物件，不过我得再上一层漆。前日去五羊村前，我将它放到卧房角落里晾着。

没想到，后来有人碰了它，今天早上我看的时候，发现台面上沾了一片污渍。我修复的就是这块儿。"

狄公放下了杯子问道：

"会是你老婆碰的吗?"

"不会的，大人!"潘锋笑着说道，"我提醒过她多次，漆是有毒的。她知道漆毒的厉害！上个月，棉花铺的陆家女人来找我。她遇到点儿麻烦，手肿得厉害，手上满是疮。她问我该怎么办，我说……"

"你怎认识那妇人的?"狄公打断道。

"她小时候跟我是邻居，我们都住在城西。"潘锋说道，"自她出嫁后，我便没再见过她。并非刻意不见，而是没留意过那家的妇人。她父亲是个正派的商人，可她母亲却是个突厥后人，喜欢巫术。这样，他家的女儿也便有了同样的癖好，她总是在厨房里鼓捣些奇怪的药水，有时候会胡乱颠倒地说些胡话。她显然是打听到了我的新住址，遂过来问我她那染毒的手该如何处置。她还跟我说，她的丈夫死了。"

"真有意思，"狄公同情地看了一眼潘锋，接着又道："我现在知道谁是凶手了，潘锋。但是，罪犯是个危险的疯子，对待这种人要十分小心。今晚你要待在家里，将卧房的窗子钉上，锁上前门。明日，便会真相大白了。"

闻听此言，潘锋已惊得目瞪口呆。狄公不等他问，只谢过他的茶，转身离了潘家。

# 十四

回到县衙，狄公见马荣、乔泰和陶干都已等在二堂。看着一个个阴沉的脸，他便知道没带来什么好消息。

"楚大远想出一个好主意，"马荣闷闷不乐地说道，"可我们却没发现什么新的线索。楚大远和乔泰走访了当地有头有脸的人，列出兰拳师所教过学徒的名单。这便是。不过，看上去也没什么用。"他从袖筒里拿出个纸卷呈给狄公。狄公翻阅着名单，马荣继续又道：

"我跟陶干、洪参军去勘查了兰拳师的屋子，也是一无所获，也没发现兰拳师跟什么人有过节。我们又盘问了拳师的大弟子，一个叫梅成的后生。他人不错，给我们讲了些消息，或许有用。"

狄公一直没认真听，满脑子想的都是在潘家的惊人发现。这一会儿，他坐直了身子，急切地问道：

"什么消息?"

"他说，"马荣继续说道，"有一次，他夜里回到了兰拳师的住处，听见他在跟一个妇人说话。"

"那妇人是谁?"狄公急忙问道。

马荣耸了耸肩，答道：

"梅成没有看清，他只是隔着门隐约听到几句无关紧要的话，也没听清那妇人说了什么，不过听上去她很生气。梅成是个坦诚的后生，他从没想过要去偷听别人讲话，遂马上离开了。"

"但至少证明，兰拳师跟某个妇人是有联系的。"陶干急忙说道。

狄公未置可否，却又问道：

"洪参军在哪儿?"

"我们查兰拳师屋子的时候，"马荣答道，"洪参军到市集上去了，他去找那两个后生，盘问那突厥后生的事儿。他说回来用晚饭。乔泰先送楚大远回了家，然后到兰拳师住处跟我们碰面。"

三声铜锣响起，狄公蹙眉道：

"该晚上升堂了。我传了陆家的女人到堂上来，是个寡妇，她丈夫死得有些蹊跷。我打算问她些事，希望不会节外生枝。告诉你们，今天下午我在潘锋家有一个重要发现，或许，我们很快就能解开叶氏凶杀案之谜了。"

三名随从争着问他是怎么回事，可他打断众人说道：

"等堂审过后，洪参军也回来了，我再跟你们讲。"

他起身站了起来，在陶干的协助下，利索地穿上了官袍。

来到大堂，狄公注意到堂下已聚了不少的百姓。百姓们都想知道兰涛贵谋杀案的最新消息。

堂审开始，狄公先是宣布拳师被毒杀一案已取得一些进展，官府已掌握了重要线索。

然后，他发出令签给牢头，带陆家女人上堂。

看到郭夫人带了陆家女人上堂，人群中一阵喧闹。班头将她引到堂案前，郭夫人退了下去。

狄公注意到，陆家女人特意打扮了一番，脸上仔细匀了脂粉，描了眉。她身着一款简洁的深褐色棉袄，楚楚动人；厚厚的胭脂更显出她那线条分明的小嘴。她在堂前跪倒，飞快地扫了狄公一眼，不过似乎没认出他来。

"报上姓名、生业！"狄公命道。

陆家女人一板一眼地答道：

"民妇陈氏，寡居，经营着先夫陆明留下的棉花铺。"

例行记下这些细节，狄公问道：

"本县只想了解一下你死去丈夫的死因，故将你唤来问几个简单的问题。没承想你拒绝应召，故本县只好签发捕文，现在对你进行堂前询问。"

"我先夫之死，"陈氏冷冷言道，"发生在大人上任之前，前任县令已将此案了结，并记录在案。民妇不明白，大人为何旧案重审。据民妇所知，并没有人来大堂状告民妇。"

狄公想着这是个精明又善辩的女人，遂厉声说道：

"本县认为有必要核实仵作的说法，了解一下有关你死去丈夫所得疾病的陈词。"

陈氏突然起身站了起来，微微侧向旁听的百姓高声喊道：

"难道就允许那罗锅儿中伤一个正派的寡妇吗？众人皆知，身残者心定也残！"

狄公一拍惊堂木，怒声喝道：

"陈氏，不得在大堂上辱骂官府司职人员！"

"如此衙门！"陈氏轻蔑地说道，"昨夜，不是你乔装打扮来到民妇家里的吗？我未让你进门，不是你私下让我来的吗？哪儿来的什么捕文？"

狄公气得脸色发白。他极力平抑住自己的情绪，轻轻说道：

"人犯藐视大堂，罚她五十鞭刑！"

人群中遂一片吵嚷，显然众人不认同这个判罚。但见班头快步走向陈氏，抓住她的头发，迫使她跪了下来。

两个衙役脱下了她的棉袄，并将其内衣褪到胸部以下。另两个衙役则各站一边，踩住她的腿脚，扭住她的胳膊。班头遂挥起鞭子就打。

几鞭子下去，陈氏便叫了起来：

"狗官！就因为我一良家女子拒绝了他，他竟然就如此报复！他……"

鞭子抽到裸露的脊背上，她的声音遂变成尖叫。班头鞭打十下，停下来准备做记录时，那女人喊了起来：

陆陈氏公堂受审（高罗佩　绘）

"我们的兰拳师被谋害了，可那狗官只想着勾引女人。他……"

鞭子又落了下来，她就只剩下尖叫了。班头打了二十鞭，停下来做记录时，她想再说些什么，却再也说不出话来。班头又打了五鞭，她便支持不住扑倒在地上。

狄公示意把她叫醒。班头遂拉起她的头，把燃香放在她鼻子下端。她睁开眼睛，人虚弱得已站不起来。班头不得不扶着她的肩，让另一个衙役抓住她的头发，让她抬起头来。

狄公冷冷说道：

"陈氏，你冒犯本县，已受了一半的刑罚，明日再来听证。后一半处罚是否施行，要看你明日的表现。"

郭夫人进来，跟三名衙役一道，将陈氏带回了女监。

就在狄公举起惊堂木准备宣布退堂之际，一个老农跪倒在堂前。他讲了半天，说的是他不走运碰倒一个卖饼的小贩，小贩带了一盘脆饼叫卖。不巧的是，两人在街角撞到了一起，将脆饼打翻在地上。老农讲的是方言，狄公听起来很是吃力，半天才明白事情的原委。老农愿以托盘上脆饼的大概数量五十个来进行赔偿。可小贩坚持说托盘里有一百个脆饼，找碴想让他多赔一些。

此时，小贩也跪在堂前。他的话就更难懂了。他赌咒发誓地说，至少有一百个脆饼，并诉那老农说谎。

狄公又累又烦。竭力让自己能将注意力放在双方争吵的问题上。他让衙役去街上将那碎了的饼拢在一处，再到街摊上买个新饼，然后一起带到大堂上来。接着，他让主簿拿来一杆秤。

众人出去之后，狄公靠在椅子上，又想起陈氏烦人的蛮横。自然，唯一的解释是，她丈夫的死确有问题。

衙役带着用油纸包好的碎饼回来，狄公将那纸包放在秤上。碎饼的重量是二斤四两，然后他又称了一下那个新饼，重量是四钱。

"将那说谎的小贩打二十大板！"狄公一脸不悦地对班头说道。

顿时，听审的百姓中响起一阵掌声。这样迅速又公正的裁决真是大快人心。

小贩受刑之后，狄公宣布退堂。

回到二堂，狄公擦了擦额上的汗，在屋内踱了一会儿步。忽然，他说道：

"我任县令十二年来，也经手过几个难缠的妇人，可从未遇到这般……竟敢这样含沙射影地污蔑我！"

"大人为何不当场揭穿那恶妇的指控呢？"马荣愤慨地问道。

"那只会让局面更糟糕。"狄公疲惫地说道，"毕竟，我的确在晚上去了她家，且确实是微服去的。她很聪明，知道如何博取百姓的同情。"说着，他愤怒地捋了捋胡须。

"在我看来，"陶干说道，"她并不聪明。她最好的策略，应该是凭了匡大夫的证明，老实回答大人的问题才能妥当处置此事。她应该知道，惹这些麻烦只能让我们确信，她真的谋害了自己的丈夫。"

"她才不在意我们怎么想呢！"狄公苦笑着说道，"她只想阻止对陆明之死的重审，那会证明她有罪。今日，她便是想方设法达成此目的。"

"处理这件事儿，我们要十分小心。"乔泰说道。

"的确要小心！"狄公说道。

班头此时突然闯了进来。"大人，"他急切地说道，"刚才一个鞋匠来到大堂，带来了洪参军的紧急口信！"

十五

洪参军市集访证人
遇嫌犯酒馆追踪迹

　　洪参军在街边摊位前漫无目的地溜达了一会儿，看看天色已晚，便想着要回县衙了。

　　他细细询问了那两个跟突厥人一起进入浴堂的后生，也没问出什么有价值的线索。他们说的，跟狄公先前盘问过的那个后生的说法大概一致。两人说，那突厥人也无甚特殊。他们只是看他脸色有些白，倒没留意他的头发什么的。洪参军想，是不是第一个后生误将头巾的一角看成发卷了。

　　走到一家药铺前，他站了一会儿，见药铺柜台托盘里放着些奇怪的草药和烘干的动物药制品，便想搞清楚那都是些什么。

　　忽然，一个身材高大的汉子与他擦肩而过。洪亮转过身，便

135

看见一个宽阔的背影和尖尖的黑风帽。

他急忙挤过闲逛的人群，跟了过去，没承想那人拐过第二个街角便消失了。

他继续往前追，终于在一家珠宝店的柜台前又看到了那人的身影。戴风帽的男子问了些什么，珠宝商便拿出一个托盘，里面都是光闪闪的饰物，那男子便看了起来。

洪参军尽可能靠得近一些，想看清那男子的脸。可那风帽檐儿却挡住了他的视线。洪亮去到珠宝店旁一个面条摊上要了一碗面。

小贩抻面条的当口，洪亮紧盯着那戴风帽的汉子。这时候，珠宝店又来了两个客人，跟店掌柜说起话来，遂挡住了洪亮的视线。他只看见那戴着风帽的汉子手上戴着手套，正在看玻璃钵里的红宝石。接着，只见他摘掉手套，拣出一颗红宝石放在了右手掌里，用食指擦了擦那宝石。过了一会儿，那两个客人离开了，洪亮总算看清了那人的轮廓。可他低着头，洪亮依然看不清他的脸。

忽然，洪亮兴奋起来，面也顾不得吃了。他看到掌柜的举起手，口若悬河地说个没完。显然，他是在跟戴风帽的汉子砍价。尽管洪亮伸着耳朵去听，但周围食客们的聊天声嘈杂，他什么也听不清楚。

他急忙吃了一口面，抬头看时，见珠宝店掌柜耸了耸肩，用纸包了一样东西交给了戴风帽的汉子。那汉子随即转身消失在了人群里。

洪亮急忙放下面碗，顾不得只吃了个半饱，赶忙付了钱就去追那汉子。

"喂，老爹，我的面条不好吃吗？"小贩生气地喊道。洪亮顾不得听他说什么，急匆匆跟了上去。

行至一家酒馆门口，他又看到了戴风帽的那个汉子，这才松了口气。他停下脚步，隔着人群望过去，费了半天劲儿，方在那布满灰尘的招牌上看清那褪色的字样——"春风酒馆"。

他打量着路人，想找个熟人，可看到的净是些苦力和小商贩。忽然，他认出一个曾经资助过的鞋匠，便赶紧上前抓住鞋匠的袖子。那人正待要生气，见是洪参军，遂迅即堆出笑脸，恭敬地说道：

"洪大人一向可好？何时能让小人给您做双冬靴？"

洪亮将他拉到街边，从袖中取出一个褪了色的小锦缎盒，里面装的是他的通行牌，又取出了一块儿碎银。

"听着，"他小声说道，"我要你立刻赶到县衙，去见县令大人。告诉门卫，就说你有我的紧急口信，给他们出示这个通行牌便可。见到县令，让他即刻到这个酒馆来，带上三个随从，来抓一个我们正在寻找的人。拿住这银子，麻烦你了！"

看到银子，鞋匠瞪大了眼睛。他对洪参军连声道谢。洪参军打断他，催促道："走吧！跑快一点！"

洪亮径直走向酒馆，进了大门。

酒馆里面比他想象的要大，已有几十位食客三三两两地坐在桌旁，喝着廉价的酒，高谈阔论着。一个样貌粗鲁的店小二，手上举着放酒壶的托盘，跑来跑去。

酒馆里散发着难闻的油灯味，洪亮扫视一遍酒馆，却不见那戴风帽的汉子。

走进摆满桌子的酒馆大堂，他忽然看见酒馆后面靠近小门的地方摆着一张小桌子，那个戴风帽汉子就坐在那儿，背朝外坐着。

看看那扇小门和那人前面的酒壶，洪亮心头一沉。他知道在这样的下等酒馆里，喝酒是要先付钱的。要是那戴风帽的汉子想走，他随时可以离去。他必须设法在狄公到来之前，将其控制在酒馆内。

洪亮径直走向酒馆角落，拍了拍那汉子的肩膀。那汉子猛一回头，刚买的两颗红宝石便掉到了地上。

洪亮一眼认出了那男子，顿时脸色煞白。他难以置信地问道：

"你怎么会在这儿呢？"

那汉子迅速瞟了一眼其他的食客，见没人注意，遂将手指放在嘴唇上，低声说道：

"坐下！我与你仔细道来！"

他拉了个凳子在身边，让洪亮坐了下来。

"你听着！"那人说着，遂向洪亮靠了过来。与此同时，他的右手从袖筒里抽出一把匕首，以迅雷不及掩耳之势插向了洪亮的胸部。

洪亮瞪大了眼睛。他欲叫喊，一股鲜血却自他嘴里吐了出来。他呻吟着趴在了桌上。

汉子冷漠地看了看他，遂又四下张望一下，并没人注意这里。

洪参军右手颤抖着，痛苦地在桌上写下血字——那人的姓氏。然后，他身子抽搐几下，便不动了。

汉子轻蔑地擦掉那个字，在洪参军肩上擦拭一下带血的手指，又悄悄地朝食客们望了一下，遂起身打开后门走了。

当狄公带着马荣、乔泰和陶干急匆匆赶到通往春风酒馆的路上时，酒馆门前的灯笼下已聚满了议论纷纷的百姓。

狄公的心下一沉。有人高喊：

"官府的人来了！"

众人急忙闪开一条路，狄公遂带着三个随从跑进了酒馆。他将里面的人推到了一边。眼前的景象让他呆住了——洪亮参军倒在桌上的血泊之中。

酒馆老板想说些什么，可看到这四个人的脸色，便马上退到一边。同时，他示意其他人跟他一起退到酒馆的另一头。

过了许久，狄公弯下身子，轻轻抚摸着洪亮的肩膀。然后，他轻轻托起那灰白的头，松开皮袄开始查验伤口。他缓缓将洪亮的头放回桌上，双手拢在袖中。三个随从望向他处，因为他们看到眼泪已打湿了狄公的面颊。

陶干第一个从悲痛中回过神来。他检查了桌面，查看了洪亮的右手，说道：

"我看洪兄是想用自己的血写些什么。这儿有个奇怪的血印。"

"跟他相比，我们差远了，"乔泰悲愤地说道。马荣咬着嘴唇，直到血从他下巴上滴下来。

陶干跪在地上仔细勘查。起身时，他默默将找到的两颗红宝石交给了狄公。

狄公点了点头，用沙哑又有些奇怪的声音说道：

"我知道这宝石的事，可惜太晚了。"顿了一下，他又说道，"问一下老板，我们的洪参军可是跟一个戴风帽的人来的。"

马荣叫来了老板。老板咽了几次口水，方才结结巴巴地说道：

"我们……我们啥都不知道，大人！一个人，……一个戴风帽的汉子独自坐在这张桌子边。我们谁也不认识他。小二说他要了一壶酒，付了钱。后来，想必是这位可怜的客官跟他坐到了一起。小二发现他时，那戴风帽的汉子已经离开了。"

"那人长什么样子？"马荣冲他吼道。

"小二只看到了他的眼睛，大人！那人在咳嗽，将风帽上的耳盖拉下来盖住了嘴，还有……"

"别讲了，"狄公漠然地打断了他的话。老板急忙退到了一边。

狄公依然沉默着，随从们谁也不敢说话。

突然，狄公抬起头来，用血红的眼睛盯着马荣和乔泰。沉思片刻，他对两人厉声吩咐道：

"听好了！明日一早，你们骑马到五羊村，带上楚大远，他熟悉道路。去那乡村客栈，查问潘锋住店时遇到的那个人。然后，你们跟楚大远一起，直接到大堂上来。可听清楚了？"

两名随从点了点头。狄公又用凄苦的声音说道："将洪参军带回县衙。"

他转过身，一言未发地离开了酒馆。

# 十六

次日，临近午时，三名骑士勒马停在了大堂前面，头顶的皮帽上覆满了雪。他们看到大堂门口已挤满了百姓。

马荣吃惊地对楚大远和乔泰说道："好像有堂审！"

"我们快点吧。"乔泰嘟囔道。

陶干在县衙大院里迎上三人，说道：

"大人要召集一次专门的堂审，案子有了重大发现，需要尽快处置。"

"我们去二堂看看吧，或许会有参军遇害的消息。"楚大远急切地说道。

"堂审就要开始了，楚员外。"陶干说道，"狄大人说，此时

141

不让人去打扰他。"

"既然如此，我们就直接到大堂上吧。"乔泰言道，"员外，你若跟我们来，就在案台旁给你设个位置。"

"我在第一排就行了。"楚大远答道，"不过，你们可以带我从后门进去，我便不必在人群里挤来挤去的了。人太多了。"

三个人走进廊道，经高台后面的小门进了大堂。马荣和乔泰站到高台旁边，楚大远则走过去站到了听审百姓的前排，再前面站着一排衙役。

拥挤的大堂里一片吵嚷之声，人们都用期待的眼神看着堂案后的县令座椅。

忽然，百姓安静了下来，狄公已出现在高台之上。在他坐下的那一刻，马荣和乔泰注意到，他的脸色比昨夜更憔悴了。

狄公拍下惊堂木，说道：

"今日北州县衙升堂，审理古董商潘锋家的凶杀案。"

"取第一件物证！"他向班头命道。

马荣一脸茫然，看了一眼乔泰。

班头带来一个油纸包的大包裹，小心地放到了地上，然后从袖筒里取出一卷油纸，铺到堂案的一端。最后，他又将包裹拿起，放到了油纸上面。

狄公倾身向前，麻利地打开包裹。包着的油纸打开时，看审的百姓中传出一片唏嘘声。包裹中是一个雪人的头。雪人的双眼是两颗红宝石，似乎正恶毒地望着众人。

狄公一言未发，却只紧盯着楚大远。

楚大远目光盯着雪人的头，慢慢地走上前来。

衙役们正欲上前阻拦，狄公做了一个不容阻拦的手势，衙役们遂迅速退到了一旁。楚大远走向堂案，直走到那颗雪人头的正下方。他目光茫然又异样地盯着那颗雪人头。

突然，他用一种奇怪又暴躁的声音说道：

"还我的红宝石！"

说着，他抬起戴着手套的双手。狄公迅速伸了手，用惊堂木在雪人头上"啪"地一敲，雪便塌下，露出一颗被割下的妇人头颅来。那潮湿的发绺遮住了妇人的半个脸。

马荣气极，骂了一声娘。他正要从高台上跳下，扑向楚大远，却被狄公牢牢抓住了胳膊。狄公喝道："别动！"乔泰也急忙上前来拉住了他。

楚大远呆若木鸡地站在那里，一脸茫然地看着那妇人的头颅。整个大堂里死一般的寂静。

楚大远缓缓移开目光，低下了头。突然，他弯下身子，捡起那两颗跟雪一块儿落下的红宝石，摘掉了手套，将宝石放在了那肿胀起泡的左手掌上，用右手食指擦了擦，阔脸上露出孩童般的微笑。

"多漂亮的宝石！"楚大远低声说道，"漂亮的红宝石，如血滴一般！"

所有的目光都集中在这个身材魁梧、行为怪异的汉子身上。他恍若一个孩童看着自己的玩具，高兴地笑着。此时，没人注意陶干已带了一个高个的蒙面妇人来到堂案前。等她站到楚大远面前，狄公突然问道：

"你可认出廖菱芳小姐的头颅？"

此时，陶干一下子拉下那妇人的面纱。

楚大远似乎突然从梦中醒来。他的目光从面前的妇人转向案上的头颅，然后对着妇人憨笑着说道：

"快用雪将它盖住！"

他跪了下来，在那块跪石上摸索着。

人群中一片议论之声，声音越来越大。此时，狄公猛一挥手，人群立刻静了下来。他问楚大远："叶泰在哪里？"

"叶泰？"楚大远抬头反问道。突然，他大笑了起来。"也在雪里！"他高喊着，"也在雪里！"

忽然，他的脸色一沉，一脸害怕的神色。他瞥了一眼那妇人，悲伤地喊道：

"你要帮我！再取些雪来！"

那妇人朝案台退去，双手掩面。

"再取些雪来！"楚大远尖叫着。他焦躁地在地上摸索着，指甲抠进了跪石的石缝里。

狄公向班头使个眼色，遂有两个衙役上来抓住楚大远的胳膊拉他起来。他疯狂地挣扎着，喊着，骂着，口吐白沫。接着又上来四个衙役，众人这才控制住了楚大远，给他戴上枷锁，带了出去。

狄公庄重地宣布：

"本县控告楚大远谋杀廖菱芳，且怀疑他谋杀了叶泰。叶氏

144

为此案共犯。"

他抬手打断台下众人愤怒的声音，接着说道：

"今日早晨，本县查看了楚大远的家宅，发现叶氏一人住在偏僻的院落里。廖姑娘的头是在后花园一个雪人身上发现的。大堂所呈乃一木制赝品。"

然后，狄公向那妇人说道：

"叶氏，现将你与被告楚大远的关系如实招来，并交代楚大远是如何绑架并杀害廖菱芳姑娘的。"说罢，他又对台下百姓说道："本县有足够的证据证明，叶氏是此案同谋，并要判她死罪。若她能如实交代，可以判她较为体面的死法。"

妇人慢慢抬起了头，低声讲道：

"大约一个月前，奴家在市集的珠宝店里遇到了楚大远。他买了一个镶有宝石的金手镯。想必他是注意到奴家羡慕的眼神。当奴家在市集另一头买梳子时，发现他就站在奴家旁边。楚大远过来搭讪，当知道了奴家的姓氏后，便说他曾买过奴家丈夫的古董。他待人和善，令奴家受宠若惊。他问可否来看奴家，奴家便答应了，还提及丈夫午后出门一事。他听了，马上将手镯放入奴家袖中，便离去了。"

叶氏沉默片刻，遂低着头继续言道：

"那日午后，奴家穿上最好的皮袄，烧暖了炕，备了一壶热酒。楚大远来了，对奴家出言和善，视奴家为知己。他很快便喝完了酒，可并不像奴家想的那样，给奴家什么暗示。奴家脱下外衣时，他显得有些不安；当奴家脱下内衣时，他将脸转向了别处，并厉声让奴家将衣服穿上。他和善地跟奴家讲，他觉得奴家很是漂亮，想让奴家做他的情妇。可是，他要奴家为他做一件事儿，来表明奴家是可信的。奴家马上便同意了，想着若能与这等富人搭上关系，日后他必会给丰厚的酬劳。奴家痛恨那孤寂房子里的单调生活，平日里积攒的一点儿钱，也总是被兄弟叶泰拿了去……"

她的声音越来越弱。在狄公的示意下，班头递给她一杯苦茶。她大口饮下，然后继续说道：

"楚大远告诉奴家，说那几日有一女子会伴一老妇到市集上去。他要奴家跟他去到市集，他会向奴家指认那女子。奴家要做的便是避开那老妇将那女子引诱开。他定了日子和地点，又许给奴家一个金手镯，便离去了。

"到了约定那一日，奴家见到了楚大远。他跟在奴家身后，用黑风帽遮着半个脸。奴家试图靠近那女子，可那老妇一直紧随其后，奴家只好作罢。"

狄公打断她的话，问道：

"你可认出那女子是谁？"

"没有，大人，我发誓没有！"叶氏叫道，"奴家以为她是个名妓。几日后，我们又去了市集。那两人逛到了市集南面，去看突厥人的狗熊表演。奴家站在那女子旁边，照楚大远指示的，跟她说道：'于公子想见你。'那女子便一言未发地跟奴家走了。

"奴家将她带到附近一间空屋子里，那是楚大远事先安排好的。他就紧跟在我们身后。到了那空屋子，他将那女子推到了里面，告诉奴家随后再见，便当着奴家的面将门锁了。

"看到官府的告示后，奴家这才知道，楚大远绑架了一个名门之女。奴家假托为丈夫捎信，急忙跑去他家里，求他放了那女子。可是，他说已将那女子转移到他宅院一个僻静之处，没人知道她在那里。他给了奴家一些银子，并许诺不久便会去看奴家。

"三日前，奴家在市集上见到他。他说那女子惹了麻烦，试图引起家里其他人的注意。他并未将她带到别处。因奴家的房子偏僻，他欲带那女子到奴家这里过上一宿。恰巧丈夫要出城两日，奴家便应允下来。当日晚上，楚大远将那女子乔装成尼姑带了过来。奴家想跟那女子说话，可他却将奴家推到了门外，命奴家离去，至二更巡夜后方可回来。"

叶氏用手擦了擦眼泪。重又开口说话时，她的声音已经沙哑。

"等奴家回来，奴家发现楚大远坐在道厅里，神情恍惚。奴家焦急地问他发生了什么事，他语无伦次地告诉奴家，说那女子死了。奴家急忙跑到卧房，见那女子已被勒死。奴家吓得要命，遂急忙跑去楚大远面前，说要去叫里正来。奴家帮他做了风流事儿，万没想过会被卷入凶杀案。

"忽然，楚大远静了下来，厉声说奴家已成他的共犯，也犯了死罪。可是，他可以将此凶案隐藏，再纳奴家为妾，令这一切神不知鬼不觉地消失。

"他带奴家回到卧房，命奴家脱去衣服，仔细检查奴家的身体。他发现奴家身上没有伤疤或大的胎记，便说奴家是幸运的，一切都会好起来的。他将奴家手指上的银戒取下，然后命奴家穿上那死去女子的缁衣。奴家起初想穿上自己的内衣，可他非常生气，只将那缁衣披到奴家肩上，并将奴家推了出去，命奴家在道厅里等候。

"奴家等了许久，又冷又怕，浑身发抖。最后，楚大远拿了两个大包裹出来。他对奴家说，'我带了那姑娘的头颅、你的衣服和鞋子，这样，众人皆以为那尸体是你的，你可以安心到我家里，做我心爱的情妇了！'奴家大喊，'你疯了！那可是个黄花闺女啊！'他突然狂怒不已，口吐唾沫地辱骂道，'一个黄花闺女？'他吼着，'我亲眼看到，这个荡妇跟我的师爷在我的房子里干那见不得人的勾当！'

"他气得发抖，将一个包裹递给奴家，我们便一起离开家。出门时，他告诉奴家将前门锁上。我们沿着城墙根儿去他家。奴家害怕得也顾不上寒冷了。楚大远打开楚宅后门，将包裹放到花园一角的树丛里，便带奴家经过几个昏暗的廊道，去到一个独立的院落。他说，那里生活所需一应俱全，便离开了。

"奴家的屋子装饰奢华，一个聋哑的老妇每日送来上好的食物。次日，楚大远来看奴家，可他似乎心不在焉的，只问了奴家将他的珠宝放到了何处。奴家告诉他，就在那衣箱的暗格里，他说会给奴家将那珠宝取来。奴家遂让他一并取来一些衣服。"

"可是，他次日回来，说珠宝不见了，便只给了奴家两件皮袄。奴家让他相陪过夜，可他却说伤了手，第二晚再来。之后，奴家便再未见过他。这些都是实话。"

在狄公的示意下，老主簿将叶氏的供词一一记录并诵读一遍。她无精打采地点头认可，并在上面画了押。

狄公对她正色言道：

"你做了蠢事，须用你的命来抵偿。但因你是受楚大远唆使，乃是受了胁迫，本县会提议以体面的方式将你处死。"

班头将哭哭啼啼的叶氏带到边门，交给了正在那里等候的郭夫人，郭夫人遂将她带回了女监。

狄公宣布：

"仵作将对罪犯楚大远进行检查。过几日，我们便可弄清楚，他是否已丧失心智。等他恢复过来，本县便会提请对其处以酷刑。除了廖姑娘和叶泰外，他还杀害了本衙的洪参军。现在，我们要立刻搜寻叶泰的尸体。

"本县对廖会首痛失女儿深表同情。但与此同时，本县再次强调，女儿到了婚配年龄，父亲不仅有责任尽早为其择偶，更有责任为其安排成婚。古代先贤所定之规并非毫无道理。这也是给旁听堂审之为人父母者的忠告。

"潘锋将装有廖菱芳尸身的棺木交与廖会首，以便与找到的头颅葬在一起。一旦州府确认了对凶手的判决，就用楚大远的家产偿还其血债。在此期间，楚家家产暂由本县衙监管，并由于康协理。"

狄公退堂。

# 十七

回到二堂，狄公疲惫地说道：

"楚大远乃一心机多端之人，表面上虽是个乐天、爱动的家伙，马荣、乔泰你们都喜欢他，可他的本质已坏，身体的缺陷令他焦虑不安，并因此也毁了他。"

他示意陶干倒茶，陶干急忙给他续上茶。狄公一边喝茶，一边对马荣和乔泰说道：

"此人极为聪明，故本县特地将他支走，好去搜查他的宅子。为此，本县派你们跟他一道去五羊村，安排了一个假差事。若洪参军没有被害，昨夜我便会告诉你们对楚大远罪行的推论了。可洪参军出事后，大家震惊不已，包括我，注意力早已不在那楚大远身上了。"

"若早知道，我定然双手掐死那恶狗！"马荣愤怒地说道。

狄公点了点头。二堂里半天没人说话。

陶干接着又问：

"大人，您是何时发现那无头尸不是叶氏的？"

"我当时就该料到的！"狄公痛苦地说道，"因为尸体上有明显的异样。"

"什么异样？"陶干急切地问道。

"戒指！"狄公答道。"叶平说，尸检时红宝石已被取走。若凶犯想要那宝石，为何不直接将戒指从尸体上取走呢？"

陶干禁不住用手拍了下脑门。狄公继续说道：

"此乃凶手犯的第一个错误。我不仅没有发现这个异样，还忽略了另一个线索，即能证明尸体不是叶氏的——她的鞋子不见了。"

马荣点了点头，说道：

"女人穿的那些皮袄或内衣是否合身，很难看出来，可是鞋子就不一样了！"

"极是。"狄公说，"凶手知道，若是他留下叶氏的衣服，却没了鞋子，我们便会注意到鞋子丢失一事；若是他留下鞋子，我们便又会发现鞋子跟尸身不匹配。因此，他便做了个聪明的举动——将鞋子带走，以为这样便会误导我们，以使我们忽略鞋子丢失一事。"

狄公叹了一口气，继续说道：

"遗憾的是，我们的确中了他的圈套。然而，他犯了第二个错误。这又使我回到案件的正道上来，想到之前曾忽略的问题。他极喜欢红宝石，无法忍受将它们留在潘家。因此，当潘锋尚被关在牢里的时候，他悄悄潜入潘家卧房，从衣箱里将镶着红宝石的手镯等物取走。他还愚蠢地答应叶氏，带走她喜爱的衣服。这一点让我觉得，叶氏还活着的。若作案时他便知道手镯等物所藏何处，当时便会将东西取走。必是后来有人告诉了他，而此人只可能是叶氏。

"之后，那没有红宝石的戒指提醒了我，我也想明白了，凶手为何会脱去死者所有的衣服。只有如此，他便可以阻止我们认出那具尸体不是叶氏的。凶手知道，唯一能察觉这一点的便是她丈夫。且正如他料到的那样，等潘锋能自证清白时，尸体已然入殓了。"

"那么，大人是何时将犯罪跟楚大远联系到一起的呢？"乔泰又问。

"在我跟潘锋最后一次谈话之后。"狄公答道，"我起初怀疑过叶泰，认为是他绑架了廖姑娘。我先考虑的是那被害的妇人是谁，因为廖姑娘是唯一上报的失踪者，我自然想到了她。仵作说，那女子不是处女之身，但从于康的供词里知道，廖姑娘已然不是处女。还有，我们当时认为，是叶泰绑架了廖姑娘，他很强壮，能将她的头颅割下。我也曾有过这样的推测，即叶泰在盛怒之下杀了廖姑娘。他的妹妹帮他隐藏了罪案，然后躲了起来。不过，很快我便放弃了那个推论。"

"为何?"陶干急切地问道,"在我看来,这个推论很合情理啊。我们知道,叶泰跟他妹妹非常亲近,这也给了叶氏离开丈夫的机会,她并不在乎他。"

狄公摇了摇头,说道:

"别忘了那漆毒。从潘锋的话里我们发现,只有凶手会无意间触碰那个刚油漆过的桌子。潘叶氏知道漆毒的厉害,她不会去碰那桌子。而叶泰并未受那漆毒之害。在行凶过程中,凶手免不了会摘下手套的。

"漆毒的线索指向了楚大远。我记得两个小的细节,现在看来,意义非同一般。首先,为什么楚大远会突然决定安排一个露台上的猎宴,而非寻常的室内宴会。而漆毒恰好能解释这一点。他需要一直戴着手套,来掩盖他那被漆毒伤到的手。第二,这也解释了凶案发生的次日早上,他与马荣、乔泰一起捕狼时,他为什么没有射中那匹狼。前一晚,楚大远定是度过了一个难熬的夜晚,他的手痛得厉害。

"还有,凶手家必是距潘锋家不远,且应该有个大院子。我想他一定是和一个妇人神不知鬼不觉地离了潘家,随身还带了大包裹。他害怕遇到守夜人或巡逻队的人。因为这些人定会拦下那些夜行人,并盘查他们所带的包裹等物。我们知道,潘家地处偏僻,从那儿沿着城墙内侧便可到达楚宅后门,那里只有一些旧货栈。"

"可是要到他的大宅院,"陶干说,"须得经过东城门那条大街啊。"

"风险不大，"狄公言道，"因为守城的士卒只关注进出城门的过客，并不在意城内走动之人。

"由此，我想楚大远的嫌疑最大。可随即又想，他的动机是什么。这时，我忽然想到，他必有异乎常人之处。一个健康、强壮之人，有八个老婆，却没有子嗣。这让人想到，他是有身体缺陷的。此缺陷可能导致人的性情扭曲。他从那戒指上取下红宝石，潜入潘家偷走手镯，这些都显示他对红宝石有特殊的癖好，也加深了我对他的印象：此人确是性情扭曲之人。正是对廖姑娘的疯狂憎恨促使他害了廖姑娘。"

"大人，您是怎么知道的?"陶干又问。

"我先想到的是嫉妒，"狄公答道，"一个老男人对一对年轻人的嫉妒。但是，我即刻又放弃了这个念头。于康跟廖姑娘已经订婚三年了，可楚大远的憎恨却是最近的事儿。之后我想到一个意外的巧合。于康说过，叶泰是在楚大远书房外的廊道上跟老女仆聊天时，知道了他们的秘密。之后，于康也曾在书房外就此事向那老女仆打听。我由此想到，或许是楚大远听到了这些谈话。第一次谈话中，老女仆说起于康在房间里幽会之事，引发了楚大远对廖姑娘的憎恨：她在楚大远的房子里，给了另一个男人他所没有能力享受的快乐。可以想象，廖姑娘成了楚大远压抑的象征。因而他觉得，拥有她便意味着可以重振雄风。他偷听到的第二次谈话，是于康与老女仆之间的谈话。由此，他也便知道，叶泰是个敲诈勒索者。楚大远知道，叶泰跟他妹妹很亲近，因而担心叶氏会跟她兄长讲他俩的私会，甚至还会讲到市集上诱拐女子一事。他明白，一旦这些事被叶泰发现，叶泰会敲诈他一辈子的。他无法承受这样的后果。因此，他下决心要除掉叶泰。这与事实相符，于康跟那老女仆见面之后，叶泰便失踪了。"

"由此我断定，楚大远既有作案动机，又有实施犯罪的机会。之后，我又有了另一个想法。你们知道，我不是个迷信之人，可这不意味着我否认一些超自然现象的存在。那日夜晚，在楚大远的晚宴之上，我看到他家后花园的一个雪人时，明显感到一种凶险、邪恶的气氛。我仍然记得，晚宴上，楚大远说的是，他家里仆人的孩子们堆了那雪人。然而，马荣和乔泰却告诉我说，是楚大远自己堆了雪人，用来做射箭练习的靶子。我忽然想到，在这样寒冷的冬季里，会不会有人将那割下的头颅藏在雪里，做了雪人的头？这个办法尤其适合楚大远，因为这可以让他发泄对廖姑娘的憎恨。他的射箭练习，就是要一箭箭射向那雪人的头！"

说罢，狄公默然不语。忽然，他抖了几下，赶紧将皮袄裹紧了些。他的三个随从盯着他，个个脸色苍白、憔悴。这个恶行所带来的杀气弥漫了整个房间。

沉默了好一会儿，狄公回过神来：

"我现在相信，楚大远就是凶手，只是原先没有确凿的证据。昨天傍晚堂审过后，我想向你们解释我的推论，并想与你们讨论如何对他的宅邸进行突查。若是我们在那里找到了叶氏，楚大远便完了。然而，楚大远后来杀害了洪亮参军。我若是早半天盘问潘锋，便可在他杀害洪亮前抓到他了。可是上天却做了另一种安排。"

众人陷入一片默默的悲哀之中。

最后，狄公又说道：

"陶干可以将剩下的情节讲与你们听了。你们与楚大远出城后，我便跟陶干带了班头去到楚大远的宅邸。我们在那儿找到了叶氏，并用轿子秘密将她送到了大堂。陶干在诸多卧室里都发现了窥视孔。我盘问了老女仆，但她并不知晓于康的风流韵事。实际上，我们从叶氏的供词中可以知道，是楚大远自己窥破了于康和他未婚妻的秘密。我推测，是楚大远跟叶泰在闲聊中曾提及此事，那个混账东西便猜到了其他细节。可是，当于康问叶泰他是怎么知道自己的秘密时，叶泰编造说是老女仆讲的。他不敢将楚大远也牵涉进敲诈案中来。按我的推测，无论后来叶泰是否有胆去敲诈楚大远，或楚大远偷听到于康与那老女仆的谈话与否，或仅是害怕叶泰会去敲诈他，这些我们都无从知晓了。楚大远已经疯了，我相信叶泰的尸体就躺在雪野之中。

"我也盘问了楚大远的八个妻妾。她们讲，与楚大远的生活难以言表。我已签署文书，让她们各自回老家，等案子了结之后，会分与她们一份楚家的财产。楚大远已然发疯，这可能会让他逃过惩处。即便如此，他也逃脱不了上天的惩罚！"

狄公拿起桌上的一个小盒子，那里原来是洪亮的通行牌。他用手指轻轻抚了抚那褪色的锦缎，然后小心收在自己的官袍胸兜里。

他在桌上展开一张纸，拿起毛笔。三个随从随即起身告辞。

狄公先给州府的刺史写了一份公函，上报关于廖菱芳姑娘谋杀案的情况。接着，又写了两封信。一封是写给洪亮参军的长子，他在太原老家狄公弟弟家做管家。洪参军是个鳏夫，他儿子现在是家长，其父安葬一事将由他来决定。

第二封信写给了他的大夫人。大夫人此时远在太原陪护她那老母亲。他先询问了老太太的病情，然后告之洪参军去世的消息，接着是常规的问候。最后，他又说了几句颇为伤感的话。"当某个亲人离去，"他写道，"我们失去的不仅仅是他本人，还有我们生活的一部分。"

他将信交给衙役，命他尽快发送出去。狄公独自用了午饭，沉浸在深深的悲伤之中。

狄公不愿回想兰拳师的谋杀案或陆掌柜之死的案子，他感到十分疲惫。他唤衙役将有关官府赈灾计划的文书拿来，那些官贷是要在庄稼歉收时免息贷给农民的。这是他乐意做的事儿。因为此事，他已与洪参军忙了几个夜晚。他们起草了一份奏折，希望能得到户部的批准。洪亮曾想通过压缩县衙开支以促成此事。等随从们进来时，他还在全神贯注地计算着。

他推开奏折，说道：

"我们须得再议一下兰拳师谋杀案。我仍然认为，兰拳师是被一个妇人毒死的。可直到现在，我们所知道的有关他与女人来往的线索，只有那个年轻拳手的供词。他跟你们讲，说一个妇人夜里去见了兰拳师，不过并不能从话音里判断出她是谁。"

马荣和乔泰沮丧地点了点头。

"我们只是觉得，"乔泰说，"他们都没客套寒暄。或许可以推定，他们是很熟的人。可是，如您之前所言，大人，我们已经知道这一点了，因为当她进入他的浴室时，兰拳师并没有盖上裸露的身体。"

"那个年轻徒弟听到的只言片语是什么？"狄公问道。

"哦，没啥特别的。"马荣答道，"他听到那女子似乎因拳师躲着她而生气，拳师回答说不是那回事。还听到类似'猫咪'的词语。"

狄公忽然坐直了身子。"猫咪？"他颇为困惑地问道。

他忽然想起了陈氏小女儿的问题。她曾经问她妈妈，她家客人说的猫咪在哪儿。这是个重大发现！他急忙对马荣说道："立刻骑马去潘锋家。潘锋很早便认识这陈氏。去问他陈氏可还有其他的名字！"

马荣一脸吃惊的样子。不过，他没有问问题的习惯，便立刻起身走了。

狄公不再说话。他告诉陶干沏壶新茶来，然后便与乔泰讨论起巡逻队对当地百姓管辖权的问题。

马荣很快便回来了。他禀报说："我见老潘非常难过，比起先前知道他老婆死了以及他老婆行为不端的事情时还要受打击。我问了他关于陈氏名字的事，他说，小时候私塾伙伴都叫她'猫咪'。"

狄公一拳砸在桌子上，高声叫道：
"这正是我要找的线索！"

# 十八

待狄公的三个随从走后，郭夫人便来了。

狄公赶忙示意她坐下，并让她自己倒茶。他对这个妇人心怀歉疚。

郭夫人俯身书案，上前先给狄公倒了杯茶。狄公又闻到了她身上那种淡淡的香味，仿佛从未离开过一般。

"我来向大人禀报，"她说，"叶氏不吃不喝，一直在哭。她问我，可否允许她见丈夫一面。"

"那样做不合律法，"狄公蹙眉答道，"另外，我想这对他们两个人也没有好处。"

"那妇人知道自己就要被处死了，也已认命了。"郭夫人轻声说道，"可是，她每每念及丈夫的好处，便想着向自己的丈夫道歉，想在临死之前弥补自己的罪过，哪怕只是一点点。"

狄公想了一会儿，然后答道：

"律法的主旨是重塑秩序，以弥补犯罪所造成的伤害。既然叶氏的道歉可抚慰其夫，那就允了吧。"

"我还想禀报的是，"郭夫人继续又道，"我已用多种药膏治疗陈氏的背伤。鞭伤正在好转。还有……"

她的声音忽然低了下去。狄公点头示意她说下去，她继续说道：

"大人，她看起来身子有些虚弱，是那非同寻常的毅力让她撑了下来。我担心，若再对她施以鞭刑，她可能就再也无法痊愈了。"

"这你提醒得好，"狄公说道，"我会记住的。"

郭夫人躬身致谢。犹豫了片刻，她又说道：

"因她一言不发，我便擅作主张问了她那幼女之事。她说邻居会帮忙照看。再说了，官府很快便会放她回家的。不过，我想顺路到陆家看看，若孩子无人照料，我便想将她带回我家照料。"

"不管怎样，你都将孩子带回去吧！"狄公说道，"顺便，你在陆家查一下，看能否找到一件突厥人的衣服，或类似的黑色衣服。这件事只有妇人才能解决！"

郭夫人笑笑，便要躬身退下。狄公忽然想问她，那陈氏可会跟兰拳师有关联。不过，他还是忍住了。跟一个女子商议衙门里的公事已经够奇怪的了。于是，他又问郭夫人，可知道她丈夫对楚大远如何看法。

郭夫人缓缓摇了摇头，说道：

"我丈夫又对他实施了一次强催眠。在他看来，楚大远的神志已经彻底错乱了。"

狄公叹了口气，点了点头，遂让郭夫人退下。

午后，县衙升堂，狄公先是宣布了有关巡逻队管辖权的事项，并补充说道，有关事项将在城内各处公告示民。然后，他又令班头将陈氏带到堂前。

狄公留意到，陈氏显然已精心打扮过。她盘起了头发，穿了绸缎外衣，站得挺直。看得出，她仍忍受着背痛之苦。下跪之前，陈氏向四周飞快地扫了一眼，见听审的百姓并不多，似乎显得有些失望。

"昨日堂上，你辱骂本县。"狄公平静地说道，"你并非一蠢妇，陈氏。本县相信，为了律法的公正，也为了你自己，今日你须如实回答本县的问题。"

"民妇没有撒谎的习惯！"陈氏冷冷答道。

"告诉本县，"狄公说道，"除了姓名，你是否还有个'猫咪'的绰号？"

"大人是在嘲笑民妇吗？"陈氏轻蔑地问道。

"提问乃本县之特权，"狄公淡然说道，"回答！"

陈氏刚刚要耸肩，可她的脸突然疼得抽搐起来。她咽了口唾沫，然后答道：

"是的，民妇有这个绰号，那是先父对民妇的昵称。"

狄公点了点头，说道：

"你那已故的丈夫是否也偶尔这样称呼你?"

陈氏眼中闪过一丝邪恶，厉声说道：

"没有!"

"你偶尔也穿突厥男人穿的黑色衣服吗?"狄公继续问道。

"你不可以如此侮辱民妇!"陈氏叫了起来，"一个良家妇女如何会穿男人的衣服?"

"事实是，"狄公说道，"在你的衣物中发现了这样一件衣服。"

他注意到，陈氏看上去颇有些不安。她犹豫了片刻，答道：

"大人或许知道，民妇有突厥亲戚。那件衣服，是很久以前民妇一个从边疆来的侄子留下的。"

"将陈氏送回监牢，稍后再来过堂。"狄公命道，

陈氏被带下堂去，狄公宣读了两条有关遗产继承法规修订的事项。他注意到，此时大堂里的人渐渐多了起来。想必是有人将陈氏过堂的消息传了出去。

班头带了三个后生来到了堂前。他们显得非常紧张，皆一脸恐惧地望着衙役和狄公。

"你们不必害怕!"狄公和善地说道，"你们去到听众的前排，一会儿会有人被带到堂前，你们认一下，然后告诉本县，你们以前可曾见过此人；若见过，是在何时、何地见到的。"

郭夫人带着陈氏重又回到大堂。她已让陈氏换上了在她家里发现的黑衣。

陈氏矫揉造作地迈着步子来到了堂前。她优雅地脱去那黑色外衣，以便显露出她那纤小、坚挺的胸部和浑圆的臀部。她身子微微一侧，朝着听审百姓，微笑着轻轻摆弄一下绕在脖子上的黑色围巾，又假装紧张地用手绞着衣服的下摆。狄公心内暗忖，她可真是个一等的伶人。他示意班头，班头遂将三个后生带到堂案前。

　　狄公问那年长一些的后生道：

　　"你可认得这妇人？"

　　后生钦慕地看着陈氏。陈氏遂向他抛了一个娇羞的媚眼，面颊上泛起一片红晕。

　　"不认得，大人。"年轻人结巴着说道。

　　"不是你在浴堂前看到的那个人吗？"狄公耐心地问道。

　　"不是，大人！"后生笑着说道，"那是个男子！"

　　狄公看了看另两个后生。他们也都摇了摇头，并对着陈氏笑了起来。

　　她调皮地看了他们一眼，然后很快又用手掩住嘴。

　　狄公叹了口气，示意班头带了几个后生退下。

　　后生们一下去，陈氏的脸便变魔术般换了神色，再次露出冷酷又凶狠的表情。

　　"可否问一下，缘何要将民妇如此打扮？"她讥讽地问道，"让一个妇人裸背受鞭刑，然后又让换上男人的衣服站在众人面前，这是何等的侮辱！"

十九

身份指认虽然未能奏效，但陈氏的刻意表演却使狄公坚信，她就是罪犯。

狄公倾身向前，厉声说道：

"告诉本县，你跟已故的拳师兰涛贵是何关系！"

陈氏挺直了身体，喊道：

"你可以随意地折磨、侮辱民妇，民妇并不在乎。但是，兰涛贵拳师是我们的英雄，北州一方的骄傲，任何有损他声名的事，民妇绝不答应！"

人群中响起一阵欢呼声。

狄公一拍惊堂木。"肃静！"他高声喊着，遂又对陈氏大声说道：

"回答本县的问话，陈氏！"

"民妇拒绝回答！"陈氏大声喊道，"你可以任意地折磨我，可休想将兰拳师拖入你那邪恶的阴谋！"

狄公竭力控制住自己的愤怒，厉声说道：

"你这是在藐视公堂。"想起郭夫人的提醒，他知道对陈氏用刑要十分小心。想到这里，他向班头命道：

"打这妇人二十藤杖！"

大堂上顿时响起一阵愤怒的低语声。有人说道："还是去抓杀害兰拳师的凶手吧！"也有人在说道，"可耻！"

狄公声音洪亮地说道：

"肃静！本县即刻便会证明，杀害兰拳师的凶手就是这妇人！"

堂下百姓听了，顿时静了下来。突然，陈氏的尖叫声响彻整个大堂。

衙役将她面朝下按在地上，褪掉她的突厥裤子，班头用一块儿湿布盖在她的屁股上。根据律法，只有在刑场之上才可以让妇人受那露体之辱。两名衙役帮班头抓住妇人的手脚，班头便开始用藤杖击打她的屁股。

陈氏尖叫着，在地上翻滚着。击过十杖之后，狄公示意班头停下。

狄公冷冷言道：

"你现在回答本县的问话。"

陈氏抬起头，却说不出话来，最后只吐出一个词："绝不！"

狄公耸了耸肩，藤杖又在空中挥了起来。突然，陈氏不动了。班头停下手中的藤杖，衙役将她翻过来放到了地上，设法将她弄醒。

狄公对班头喊道：

"将第二个证人带上堂来！"

一个壮实的后生被带到了案前。他头发理得很短，穿着朴素的棕色皮袄，面相和善、诚实。

狄公命道："报上姓名、生业！"

"小人叫梅成，做兰拳师弟子已有四年了，是七等拳师。"后生恭敬地答道。

狄公点了点头，说道：

"梅成，告诉本县，半个月前的那个晚上你看到了什么。"

"如往日一样，"年轻拳手答道，"小人练习结束后，傍晚时分离开了兰拳师家。小人刚回到家，却忽然想起将铁球忘在练习场上了。想着早上练习还要用，小人便又回去取铁球。就在进前院的时候，小人看到兰拳师迎进一个客人，并关上了门。小人只看到来人穿着黑衣服。小人对兰拳师的朋友多半熟悉，知道不可擅入，便走到门口，然后便听到一个女人的声音。"

"那女人说了什么？"狄公问道。

"大人，"后生答道，"隔着门，小人听不太清他们说了什么。她的声音又小。可是，她听起来很生气，大致是因为不去看她的缘故。拳师答话时，小人清楚地听到他说了'猫咪'这个词语。

小人明白，此事跟自己无关，便赶快离开了。"

狄公点了头，主簿将梅成的陈词诵读了一遍。后生在陈词上画了押，狄公允他退下。

此时，陈氏醒了过来，重又在两个衙役的扶持下跪在地上。

狄公一拍惊堂木，说道：

"那天晚上去见兰拳师的正是这个妇人。她骗取了兰拳师的信任，并想讨兰拳师的欢心，可却被回绝了。陈氏因此怀恨在心，就趁兰拳师在浴室休息时，偷偷在他茶杯里放了掺有剧毒的茉莉花，害死了他。她是伪装成突厥后生进入浴室的。方才三个后生没能认出她来，是因为她就如那伶人一般善于做戏。装成突厥后生进入浴室时，她是男人的样子；而方才她又特意展示女人的魅力。不过，这一点已没有任何意义。本县要向大家证明的是，兰拳师自己留下了线索，直指这个道德败坏之妇人。"

旁听百姓中响起一阵讶异之声。狄公觉察到大堂里的气氛已明显于己有利了。那诚实后生的证词给听审的百姓留下了好的印象。

他示意陶干将堂案前的黑板拿上来，那黑板是陶干依照狄公指示做的，上面已钉了六块拼好的七巧板，每一块儿都有二尺大小，为的是让听审的百姓都能看清楚。陶干将黑板拿到高台之上，靠在主簿的桌前。

"大家看，"狄公说道，"这六片七巧板，是在兰拳师的浴室桌上发现的。"狄公拿起了一个三角形，继续说道："第七块儿，这个三角形，被发现攥在死者兰拳师手里。"

"毒药的毒性麻木了他的舌头，使他说不出话来。因此，他用尽全身之力，想用七巧板拼出凶手的身份来。不幸的是，在他完成拼图前，毒性发作了。在他跌倒的时候，胳膊必是碰到了纸片，打乱了其中三块儿。可是，若将那三片儿稍做调整，再加上他手里的这个三角形，毫无疑问便将拼图复原了。"

狄公站起身，拿掉三块儿纸板，又将他们稍做调整钉了上去。当他加上第四块儿时，便出现了一个猫的形状，人群里遂发出一片惊叹之声。

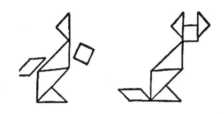

狄公回到座位上，总结道：

"兰拳师用这个图形指出，陈氏便是杀人的凶犯。"

陈氏此时突然大喊：

"这是谎言！"

她挣脱了衙役的控制，手脚并用朝高台上爬去。她的脸痛苦地扭曲着，以超人之力爬上了高台，并蹲在堂案前哭喊起来。她气喘吁吁，左手紧抓堂案剧烈地颤抖着，一边用手打乱了狄公钉好的三片纸块儿。然后，她面朝听审的百姓，将那第四片儿纸块儿放在胸前，声音嘶哑地说道："看呀！这是个骗局！"

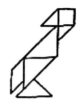

　　她呻吟着跪了起来，将那三角形钉在了七巧板的顶部。然后尖叫着说道："兰拳师做了一只鸟！他从来没想留下……线索。"突然，她的脸变得死一般的苍白，人一下子跌倒在了地上。

　　众人回到二堂，马荣高声说道：

　　"那妇人真是不可思议！"

　　"她恨我，"狄公说道，"她恨我所代表的一切。她是个恶妇。不过，我钦佩她那坚强的意志和灵活的头脑。一眼便能看出如何将一只猫变成鸟，真不简单。何况，那是在她因痛苦而半昏迷的状态下做到的！"

　　"她也算是个非凡的妇人。"乔泰说道。

　　"否则兰拳师也不会在意她。"狄公一脸忧虑地说道，"同时，她也将我们置于一个尴尬的境地：我们无法继续指认她谋杀了兰拳师。我们现在要证明的是，她丈夫是暴毙的，且与她有关。传仵作。"

　　陶干回来，带来了郭药师。狄公对郭药师说道：

　　"前日，你说你对陆明尸体凸起的眼睛感到疑惑。你认为这一现象多为脑后受了击打所致。可是，假定匡大夫也涉案其中，难道陆明的兄弟或殓尸人就没注意到那伤口吗？"

郭药师摇了摇头，答道：

"不，大人。比如说，如果是用裹了厚布的棍子实施击打的，从外面是看不到流血的。"

狄公点了点头。说道：

"不过，做尸检是可以看出颅骨伤的。如果这个推论是错的，能否在尸体上找到其他证据？因为事情已经过去五个多月了！"

药师答道："很难说，这要取决于死者所用的棺木，还有墓里的状况。但是，即使因为温度高，尸身腐烂了，若是毒发身亡，尸体上还是会留下痕迹的。比如，可以查看皮肤和骨髓的状况。"

狄公想了一会儿，说道：

"根据律法，没有充分证据便掘尸，那是死罪。若是尸检不能证明陆明是被谋害的，我得引咎辞职，听候州府发落，并会被判以亵渎坟墓之罪的。若再加上错告陈氏杀夫之罪，毫无疑问，我可能会被处死的。官府自然会保护官员，但前提是他们没有犯罪。朝廷律法森严，对于犯法的官员，即使他们出于忠心，也会严惩不贷。"

狄公站起身，在屋里踱起步来。三个随从焦急地看着他。他忽然停了下来，坚定地说道："做尸检！我来承担这风险！"

乔泰和陶干一脸茫然地看着狄公。陶干说道：

"那妇人通晓各种巫术，倘若是她用恶咒害死了自己的丈夫呢？那是不会在尸体上留下任何痕迹的！"

狄公不耐烦地摇了一下头，说道：

"我相信，这世上还有很多东西我们不了解。但我不相信，老天爷会让邪恶势力仅用巫术就可杀人。马荣，去吩咐班头做好准备。今日午后，对陆明进行尸检，就在墓地。"

# 二十

北州城北，人头攒动，人山人海。街上的百姓，都在朝一个方向——北门涌去。当狄公的官轿从北门口通过时，人们纷纷避让。可是，当抬着陈氏的轿子经过时，百姓中响起一片欢呼声。

长长的人流穿过雪丘，一路向城西北角的坟场高地涌去。穿过一片片坟冢，人们渐渐聚到坟场中央，此时衙役已在那搭好了芦苇席棚。

狄公下了轿子，发现临时的大堂已然就绪。一个高高的木桌充当堂案，老主簿坐在旁边的一张桌子上，不停地搓手取暖。掘开的坟墓前，一口大棺材置于条凳之上，土工们则站立在一旁。棺材前的雪地上铺着厚厚的芦席，仵作郭药师正蹲在一个小火炉旁，不停地煽着火。

此时观审的百姓已围了一圈，三百多人。狄公坐在桌后的椅子上，马荣和乔泰分立两边，陶干则走到棺材前，想查出些什么。

陈氏的轿子停下，班头上去拉开了轿帘。他突然倒吸一口气，向后退了一步。众人见陈氏的身体瘫倒在轿子横杆上，一动不动。

在一片嘈杂的愤怒声中，百姓朝前挤了过来。

"看一下那妇人！"狄公向郭药师命道。他小声地对随从们说道：

"老天爷，可别让这妇人死在我们手里。"

郭药师小心抬起陈氏的头。忽然，她的眼球动了动，接着又长出了一口气。郭药师挪去横杆，扶着挂着拐杖的陈氏费力地走到了席子上。看到打开的坟墓，陈氏退回身子，用袖子掩住脸。

"她在演戏。"陶干不屑地说道。

"是的，"狄公不无担忧地说道，"可百姓喜欢这情形。"

狄公用惊堂木敲了一下桌子。在这寒冷又开阔的野外，惊堂木的声音显得格外微弱。他高声宣布道：

"现在开始对陆明的尸体进行尸检。"

陈氏突然抬起头来。她拄着拐杖缓缓说道：

"大人乃是百姓的父母官。今早我在大堂之上出言莽撞，实在是因为民妇，一个可怜的小寡妇，要守护自己和兰拳师的名声。可是，民妇已为自己的莽撞受了责罚。如今，民妇恳请大

陈氏来到墓地（高罗佩　绘）

人，请大人了却此事，不要再去凌辱我那可怜的亡夫了。"

她跪在地上，叩了三个头。

周围百姓中发出了声援的声音。这个折中的办法合乎情理，也是百姓日常惯用的方法。

狄公一拍惊堂木，坚定地说道：

"本县有足够的证据证明，陆明是被谋杀的，否则绝不会安排这次尸检。此妇巧舌如簧，可她阻挡不了本县行使职责。开棺！"

当土工们走上前去，陈氏也站了起来。她半侧过身子向百姓们喊道：

"你怎能如此欺压百姓？这就是身为父母官的理念吗？你说民妇害死了自己的丈夫，你有证据吗？在我看来，尽管你是县令，你也并非无所不能！常言道，官府是为受欺压百姓做主的。你记住，若证明县令诬告清白的百姓，律法也会给他同样的惩罚，就像被他诬告的人一样！我虽是个弱小的寡妇，可我要看着你那乌纱帽从头上被人摘去！"

人群里有人开始高喊：

"她说得对！不能尸检！"

"肃静！"狄公喊道，"若尸检后仍未发现谋杀的证据，本县自愿接受惩罚，如这妇人一样！"

陈氏还想说话，狄公却指着棺材说道：

"证据就在这里，我们还等什么？"

围观的百姓似乎有些犹豫了，狄公遂对土工们喊道：

"开棺!"

土工们将凿子楔入棺盖下面,很快便将棺盖打开放到地上。他们用围巾掩住口鼻,将尸体连同下面的褥子一同抬出棺外放在了凳前的芦苇席上。尸体惨不忍睹,一些靠前的好事者遂赶忙退了回去。

郭药师将两个燃香的瓶子分别放在尸身两侧,又用薄纱面罩蒙上脸,摘下戴着的厚手套,换上一双薄的皮手套。他看了一眼狄公,等他示下。

狄公填写了尸格,然后对土工头儿说道:

"开始尸检前,需要你叙述一下开墓的过程。"

土工头儿恭敬地答道:

"根据大人的指示,小人跟两个伙计下午打开了坟墓。封闭墓室的石门,如五个月前安放时一样,完好无损。"

狄公点了点头,示意仵作开始验尸。

郭药师用沾过热水的汗巾清理了尸体,然后开始一寸一寸地查验尸身。所有人都在静静地注视着他尸检。

仵作查看完前面,遂又将尸身翻了过来,开始检查头颅后面。他用食指摸了摸头的枕骨,便又开始检查尸体的背部。狄公的脸色有些苍白。

最后,仵作郭药师站了起来,转身向狄公禀道:

"尸体外检完毕,没有发现因击打致死的证据。"

旁观的百姓中便开始有人叫喊:

"县令撒了谎!将那妇人放了!"

前面的人喊着，让后面的人保持安静，说要将尸检情况听完。

郭药师接着又道：

"因此，小人恳请大人允准，进行体内检验，以便确定死者是否中毒。"

狄公还未回答，陈氏便尖叫了起来：

"难道这还不够吗？还要让那可怜人遭受更多的屈辱吗？"

"陈氏，让那当官的将绳索套在自己脖子上吧！"前排有人喊道。"我们知道你是无辜的！"

陈氏想再喊些什么，可狄公已经向仵作示意，有旁观百姓嚷着要陈氏保持安静。

郭仵作手拿一个精致的银铲子，在尸体上鼓捣了半天，解剖开尸身上的部分骨头，并对骨头一端做了仔细检查。

内检完毕，他起身疑惑地看了一眼狄公。挤满百姓的墓地顿时一片安静。郭药师犹豫了一会儿，说道：

"禀报大人，尸体内没有发现中毒的痕迹。目前看来，此人属自然死亡。"

陈氏尖叫着，可是她的声音已被淹没在百姓的吵嚷声中。百姓开始朝棚子涌来，将衙役们挤到了一边。

前面有人喊道：

"杀了那狗官！他掘了人家的坟墓！"

狄公离开座位，站到桌子前面。马荣和乔泰急忙站到他两侧。可是，他粗暴地一把将他们推开。

见狄公的脸色凝重，前排的人纷纷不自觉地后退一步，遂又安静了下来。后面的人也都停止了叫喊，想听听到底发生了什么事。

狄公双手拢在袖里，声音洪亮地说道：

"本县说过，若不能证明谋杀，本县将辞官，本县说到做到！不过本县要先证实一件事。本县提醒大家，只要本县还未提交辞呈，就仍是北州县令。你们尽可以杀了本县，但要记住，如此你们便是在造反，是在反抗朝廷，并最终会自食其果！做决定吧，本县在此！"

众人敬畏地望着狄公，因惧其威严，已有所犹豫。

狄公马上又说道：

"若有会首在此，就请他们上前来，本县将委托他们监督落葬一事。"

一个壮实的汉子走了出来，说自己是屠户行会的会首。狄公命道：

"你来监督土工们将尸体敛入棺材，确保棺木重新下葬后封上墓门。"

说完，狄公转身登上了官轿。

那日深夜，狄公的二堂之中始终沉浸在一片悲观的沉寂中。狄公坐在书案后，头发蓬乱，眉头紧锁。铜炉里发红的炭火已燃成灰烬，空荡荡的屋子里显得格外寒冷，但狄公和他的随从们都已顾不得这些。

书案上的大蜡烛开始噼啪作响，狄公终于开口说道：

"我等已想过各种方法破解此案。显然，除非发现新的证据，否则我就完了。必须找到证据，且要趁早！"

陶干燃起了一支新的蜡烛，跳动的烛光照在几个人憔悴的脸上。

忽然，传来一阵敲门声。衙役进来兴奋地禀道，叶平和叶泰求见。

狄公吃了一惊，命衙役带他们进来。

叶平搀扶着叶泰走了进来。叶泰的头和双手都缠着厚厚的绷带，脸色发青，走路困难。

在马荣和乔泰的帮助下，叶泰坐了下来。叶平说道：

"大人，今日午后，有四个农夫自东门外将我弟弟抬回了家。有人在雪地里发现了他，当时已不省人事。"

"他后脑有个大伤口，手指也被冻坏了。不过，幸亏农夫们好生照料，今日一早他便醒了过来，并向他们讲了自己的身份。"

"出了什么事？"狄公急切地问道。

叶泰声音微弱地说道：

"我只记得，两日前我正走在路上，准备回家用晚饭，不承想后脑突然被人打了一下。"

"是楚大远打的你，叶泰。"狄公说道，"他什么时候告诉你，于康和廖姑娘在他房子里幽会的？"

"他从来没跟我讲过，大人。"叶泰答道，"有一次我在他书斋外面等着，便听到他在里面大声说话。我以为他在跟人争吵，侧耳一听，听到的却是他在怒骂于康和廖姑娘在他家里媾和一事，言辞污秽不堪。后来，管家来敲门，他即刻沉默了下来。我进去以后，发现他一个人在屋里，很是平静。"

狄公对他的随从们说道：

"这便澄清了廖姑娘谋杀案的最后一个疑点。"他又对叶泰说道，"你意外知道了这一消息，就敲诈了可怜的于康。老天爷也为此惩罚了你。"

"我的手指没了！"叶泰沮丧地痛哭起来。

狄公示意叶平可以退下了。在马荣和乔泰的协助下，众人将叶泰带了出去。

# 二十一

察民变校尉通消息
秋县令亲拜先祖祠

次日一早，狄公外出遛马，便听到街上有人对他叫喊。行至鼓楼附近，甚至还有人用石头砸他，差点儿便被砸中。

他骑至老校场，沿校场策马跑了几圈便回到了县衙。狄公想着，在堂审解决陈氏一案之前，自己最好还是不要抛头露面了。

接下来的两天里，他一直在处理县内事务。三名随从每日出去，想方设法查寻有关陈氏一案的新线索，但均一无所获。

又过了一日，传来一个好消息，大夫人从太原来信了。她在信中提到，难关已过，老母亲正在康复，她们不久亦会返回北州。此刻，狄公却悲伤地想到，若不尽快解决陈氏一案，恐怕连家眷也难再见到了。

第三日早晨，狄公正在二堂里用饭，衙役回禀，说大将军府来的军官送来一封公函，需亲呈县令。

一个高大的汉子穿着盔甲走了进来，身上还带着雪。他躬身致意，向狄公递上一封盖了章的大信封，口气生硬地说道：

"我奉命带回您的回信。"

狄公奇怪地看了他一眼，大声说道："请坐。"说罢，他随手打开了信封。

信中提到，据巡逻队的密探称，北州民众骚动不安。北方边境的蛮夷部落也蠢蠢欲动。大将军提出，保持北镇军后方安定乃军事所需。信中提到，若北州官府需要，并经县令提请，可以派兵驻防。信是由巡逻队校尉代表大将军签发的。

狄公脸色发白。他急忙拿起毛笔，写了一封回信，约四行字："北州县令对大将军的即时通函甚表感谢。禀请大将军，本县将在今晨采取必要措施，确保北州县境立刻恢复秩序与安定。"他写好回信封入信封，盖上县衙的朱红大印，遂交给校尉的信差。信差接过信封，躬身告辞。

狄公起身叫来衙役，命其取来全套官服，并命其唤来三个随从。

看到狄公穿着整齐的官服、戴了金丝乌纱官帽，马荣、乔泰和陶干三人感到十分惊讶。

狄公看着自己最信赖的三个随从，一脸悲伤地说道：

"此种情境恐难再持续了。我收到来自北镇军大将军的信，说北州骚动，建议派兵驻防。此乃怀疑我治理北州的能力。你们随我一起，去到家祠祭拜。"

去往私邸的路上，狄公想起，这竟是家眷去太原后自己第一次回家。

狄公带着三个随从径直来到后院的家祠。阴冷的祠堂里空荡荡的，除了一个高大的神龛和一张祭桌外，什么也没有。

狄公在香炉里燃了香，然后跪在了神龛前面，他的三个随从也在后面跟着跪了下来。

狄公起身，恭敬地打开神龛的门。神龛里摆满了牌位。这些都是狄公先祖的灵位，每个上面都用金字写了他们的姓名、官衔、生卒年月和时辰。

狄公再次跪倒，叩了三个响头。然后，他闭上眼睛，开始冥想。

上一次打开先祖灵位的神龛，已是二十年前的事儿。那是在太原，狄公依然记得，当时父亲向先祖祷告，祈望先祖保佑狄公和大夫人婚姻美满。他跟新娘跪在父亲身后。还记得当时的父亲身子消瘦，飘着白髯，慈祥的面容布满皱纹。

可是，父亲现在一脸冷漠，毫无表情。狄公看到父亲站在阔大的大厅门口，左右两边皆是威武的汉子，一动不动。所有的眼睛都盯着自己，看他跪在父亲的脚下。在大厅深处远远的地方，他看到自己的先祖静静坐在那高座之上，穿着金光微闪的长袍。先祖生活在八百年前，就在孔圣人之后的那个时代。

众人肃立，狄公跪在他们面前，心内却感到平静又安详，如同一个长途跋涉回到家里的人。他用清朗的声音说道：

"狄家不肖子，已故相国狄成原之长子，仁杰恭报，因愧对皇恩，未能尽责，今日将辞去官职。同时自认两项死罪，即证据不足掘人坟墓与错告他人谋杀二罪。虽用心无恶，却能力有限，无力担当皇家使命。不肖子孙陈述实情，乞请宽恕。"

狄公不再说话，眼见众先祖渐渐隐去。他看见，父亲用他惯常熟悉的动作，静静地理了理自己的大红袍。

狄公起身，重又拜了三回，遂合上了神龛的门。

狄公回身示意三个亲随跟他一同离开。回到二堂，狄公平静地说道：

"我想独自待一会儿，起草一份正式的辞呈。你们午前再回来，将我之辞呈全文抄录并全城张贴，这样百姓便可安定下来。"

三个人默默一揖，然后跪地磕了三个响头，想以此表明，无论狄公命运如何，他们都会对狄公忠诚。

三人离开后，狄公写信给州府刺史，详述失职一事，自认两项死罪，自诉并无理由可以宽宥。

写罢书信，签名盖章，狄公靠在椅背上，长叹一口气。这是他作为北州县令处理的最后一件公事。下午，辞呈内容一旦公布，他将把官印交给老主簿保管。在下一任县令到来之前，将由他代理县衙的日常事务。

狄公喝着茶，想着不久后的审判。死刑判决是确定无疑的。唯一对他有利的是，任浦阳县令时，他曾获皇上恩赐御匾，大理寺量刑时不会将全部家产籍没。他的妻儿们自然会由太原的弟弟照料。可狄公想到，即便所托之人是自己的至亲，但毕竟寄人篱下，日子难免煎熬。

　　不过，令他高兴的是，大夫人的母亲已然康复。在未来艰苦的日子里，她会给予女儿不少帮助的。

二十二

狄公起身走到火炉前烤手取暖。此时，身后的门开了。他有些恼火地转过身去，看见进来的竟然是郭夫人。

他赶忙和颜笑道：

"郭夫人，我此刻多有不便。若是有事儿，你可告知老主簿。"

可是，郭夫人却丝毫没有离开的意思。她静静地站在那里，双目低垂。过了一会儿，她方才低声说道："听说大人要离开。我想感谢大人……感谢大人对我及我丈夫的关照。"

狄公转过身，望着窗外，地面积雪映在窗纸上。他有些费力地说道：

"谢谢你，郭夫人。谢谢你和你丈夫在我任内给予的帮助。"

他静静地站着，料想郭夫人会关门走人。

此时，他闻到了一股草药的药香。接着，背后传来温和的声音：

"要知道，女人心，海底针。男人若要理解，那是极难的事。"

狄公急忙回身看她，她急切地又道：

"女人总有男人永远不明白的地方。怪不得大人您勘不破陈氏的秘密。"

狄公走到她身旁，紧张地问道：

"你的意思是，你找到新线索了？"

郭夫人叹了口气，说道：

"不是，不是新线索。一个老的……可这是唯一可以解开陆明谋杀案的办法。"

狄公瞪大眼睛注视着她，用沙哑声音说道：

"快讲，夫人！"

郭夫人将身上的披风拢了拢，她像是在发抖。接着，她用略带疲惫的声音讲道：

"妇人们整日围着家务转，修补着分文不值的衣物，纳着鞋底，在迷茫中度日。面对跳动的烛光，我们闭上眼睛，想着就这样不停地干下去，心中一片迷茫，难道这就是生活的全部吗？那硬邦邦的毡鞋底，磨破了手指，拿着又细又长的纳鞋的铁针，我们拿起了木槌，一槌一针地纳着鞋底，一槌一针……"

看着她低头垂目，娇俏地站在那里，狄公欲言又止。忽然，她又用疲惫又超然的声音说道：

"我们将那针扎入鞋底，拔出，再扎，然后再拔出。悲伤的思绪也随之进进出出——像一只怪异的灰鸟绕着旧巢扑腾。"

郭夫人抬起头来，望着狄公，大眼睛里放出令人惊诧的光芒。接着，她又慢慢地说道：

"然后，一个夜晚，主意有了。她不再缝缝补补，而是拿起那根长针，看着它……仿佛以前从未见过一般。这使她的手指免于遭罪的忠诚的铁针，这个伴了她无数个孤独又悲伤的夜晚的忠诚伙伴。"

"你的意思是……"狄公惊呼道。

"是的，确实如此，"郭夫人冷冷答道，"那些针头儿很小。用木槌将其敲入后，那细小的针头儿隐在头发中是不易被人发现的。那么，谁也不会知道她如何谋害了他……然后重获自由。"

狄公用火一般的目光紧盯着她。

"夫人，"他惊呼道，"你救了我！答案必然就是这个！如此便可解释，为何她害怕尸检，为何尸检又查不到结果！"他那疲惫的脸上现出了温暖的微笑。接着，他又温和地说道：

"你说得太对了！只有妇人才会知道这些。"

郭夫人只静静地看着他。狄公急忙问道：

"你为何难过？你肯定是对的。这是唯一的答案。"

郭夫人拉起披风的帽子戴在头上，又温和地看着狄公，说道：

"是的，你会发现，那是唯一的答案。"

说罢，她起身出门而去。

狄公站在那儿，看着门关上，突然面色变得煞白。他在那里站了好久，方想起唤来衙役，命他立刻叫三个随从到二堂来。

马荣、乔泰和陶干无精打采地走了进来。可一看狄公神色，三人虽感难以置信，但仍面露笑容。

狄公直直地站在书案前面，双手拢在宽大的袖筒里，兴奋地说道：

"兄弟们，我相信，我们终于可以查到陈氏的犯罪证据了！我们要对陆明的尸体再做一次尸检。"

马荣惊愕地看了看其他两个同伴。突然，他大笑起来，惊呼道：

"大人如此说来，这案子是要破了！我们何时再做尸检？"

"尽快，"狄公马上答道，"这一次，我们不去墓地了，而要将棺材运到大堂上来。"

乔泰点了点头，说道：

"大人，百姓的情绪不稳，我赞同在大堂尸检。这样，控制局面要比在野外更容易些。"

陶干面有疑惑，缓缓说道：

"吩咐衙役准备布告时，我从他们的脸上看出，他们明白您为何要辞官。此时，大人即将卸任的消息恐怕已传遍全城。我担心，若是百姓听到二次尸检的消息，会发生骚乱的。"

"我很清楚这一点，也准备为此冒险。"狄公语气坚定地说道，"告诉郭药师，做好在大堂验尸的准备。马荣、乔泰，去见屠户行会的会首和廖会首，告诉他们我的决定，并请他们一道去墓地做个见证，见证棺木从墓地取出及运到大堂上的全过程。这件事要做得利索且不张扬。等百姓发现时，棺木已然运到了大堂。等消息传开，我相信，百姓的好奇心会超过他们对我的憎恨。有他们信任的行会会首在，也能防止百姓的鲁莽举动。如此，便可防止升堂前发生意外。"

说罢，他朝三名随从微微一笑，以示鼓励。三人会意，各自匆匆领命而去。

见众人离去，狄公敛笑而立。方才全凭超强的定力，他才可以在随从面前信心满满，谈笑自若。他踱向书案旁坐下，双手掩面。

# 二十三

到了午时，衙役准备好了饭菜，狄公却一点儿未动，只喝了一杯茶。

郭药师进来禀报说，棺材已运至大堂，一切顺利。不过，已有大批百姓聚在衙门口，还有人在愤怒地吵嚷着。

马荣和乔泰进来，神色十分忧虑。

"大人，大堂里百姓的情绪很糟糕，"马荣表情凝重地说道，"街上那些进不来的百姓，有人在叫骂，还有人朝门口扔石头。"

"随他们去吧！"狄公厉声说道。

马荣向乔泰使了眼色，让他劝劝狄公。乔泰说道：

"让我去巡逻队叫人吧，大人！他们可以在衙门外设置警戒线，还有……"

狄公一拳砸在了案上。

"难道我现在已不再是北州的县令了吗？"他对随从们喊道，"这是我的辖区，这些是我的百姓。不需要外援，我自会妥善处置的！"

二人也便不再说话，他们知道，说了也没用。可是这次，他们担心狄公有什么闪失。

铜锣敲过三响。

狄公起身穿过回廊，来到大堂，身后跟着两名随从。

到了大堂，待狄公在桌案后坐定，狄公感觉今日之安静不同寻常。

大堂里人满为患。衙役们紧张地站在各自的位置上。狄公看到，陆明的棺材已放在堂案的左边，旁边站着几个土工。陈氏手拄拐杖，站立在棺木前面。陶干和郭药师站在主簿的桌旁。

狄公一拍惊堂木，宣道：

"升堂！"

陈氏突然喊了起来：

"辞官的县令还有权力升堂吗？"

人群里响起一阵愤怒的吵嚷声。

狄公宣道：

"本县就是要证明，棉花商陆明是被人谋杀的。土工，打开棺木！"

陈氏爬在高台边，尖声叫道：

"难道就允许这狗官再来亵渎我丈夫的尸骨吗？"

人群向前拥挤着，四处传来"打倒县令"的呼喊声。马荣和乔泰暗暗握住长袍下的剑柄。前排的人群将衙役们推到了一边。

陈氏眼中露出邪恶的目光。她胜利了。她那野性的突厥血液在为即将发生的暴乱、流血而狂喜。她抬起手，人群安静了下来，齐刷刷望着她的身影。她站在那里手指狄公，胸脯一起一伏地说道：

"这个狗官，这个……"

就在她慷慨陈词之时，狄公用不容置疑的声音说道：

"想想你的鞋底吧，陈氏。"

陈氏尖叫一声，低头看去。当她再直起身来，狄公第一次在她眼里看到了恐惧。狄公出人意料的这句话，很快便被前排的百姓告诉了后面的百姓。此时的陈氏已然镇定下来。她面向百姓，却不知该如何作答。人群中传出困惑的议论声。后面的人不耐烦地喊道：

"他说什么呢？"

等陈氏开始讲话时，她的声音已经被土工们的敲击声淹没了。在陶干的协助下，土工们很快将棺材盖板放到了地上。

狄公声音洪亮地说道：

"大家即刻便会看到结果了！"

"别信他，他……"陈氏又开始喊叫起来。可此时百姓的注意力已全都放在了那芦席上，上面放着从棺木中取出的尸体。见此情景，她也只好停了下来。她退回到了堂案一旁，眼睛直直盯着那芦席上的尸骸。

狄公再拍惊堂木，高声讲道：

"现在，仵作只查验尸体的头部！只需关注头盖骨，在头发间查验。"

待仵作郭药师蹲下身子，整个大堂里又静了下来，只隐约听见从街上传来的吵嚷声。

突然，仵作郭药师直起身来，带着愤怒的神色，粗声说道：

"禀报大人，在头发中间发现了一个小的铁头儿，看似是一个针头儿。"

陈氏极力控制住自己，又尖声叫道：

"这是个阴谋！棺材已被动过手脚了！"

可此时的旁听百姓已完全被好奇心所控制。前排一个胖屠户喊道：

"我们会首亲自封的墓。安静点儿，陈氏，我们要看看那是什么东西！"

狄公对郭仵作喊道：

"继续查验！"

仵作从袖里取出一把钳子。陈氏直朝他扑去，可班头抓住了她，将她拉了回来。她在一边像只野猫般扑腾着，郭仵作从头颅中取出一根长针。他将长针举起来让旁听的百姓看，然后放到狄公的堂案之上。

陈氏的身体瘫软了下去。班头放开她，她便朝主簿的桌子跟跄倒去，低头靠在了堂案旁。

前排的百姓向后面的人喊着，传递着他们看到的讯息。人群里响起一片嘈杂的议论声，随之后面有人将这个消息传到了街上。

狄公又拍一下惊堂木，吵闹声渐渐止歇。他对陈氏言道：

"你可要招供，是你在你的丈夫头上楔了纳鞋的铁针，谋害了他？"

陈氏缓缓抬起头，浑身一阵颤抖。她捋了一下前额的头发，声音冷漠地说道：

"民妇招供。"

这个新消息传遍了大堂，听审百姓里又是一片嘈杂之声。狄公靠在椅子上，等大堂再次安静下来，狄公声音疲惫地说道：

"本县要听你如实招来。"

陈氏裹紧身上的袍子，声音凄惨地说道："这是很久以前的事儿了，现在说还有什么用？"她靠在桌边，抬头看着墙上那高大的窗子，忽然说道：

"民妇的丈夫，陆明，是个愚钝之人，他什么也不懂！民妇无法跟他继续生活下去。民妇要寻找……"她长叹了一口气，继续说道："民妇给他生了个女儿，他说他想要儿子。民妇再也受不了了。一日，他抱怨自己胃痛，民妇给他吃了有安眠药的烈酒。在他深睡之际，民妇用木槌将平日纳鞋底的长铁针楔进了他的头顶。"

"杀了那巫婆！"有人喊道，愤怒的呼喊声响了起来。百姓的态度变得极快，人群的愤怒即刻便转向了陈氏。

狄公用惊堂木猛砸堂案，大喊道："肃静！"

大堂里再次安静了下来，县衙又恢复了秩序。

"匡大夫称那是心疾，"陈氏说完，又补充道，"为了让他襄助于我，民妇不得不做了他的情人。他以为他懂得女人的秘密，可他也是个无用之人。他一签好死亡文书，民妇便与他断了联系，重获了自由……

"大约一个月前，民妇离开店铺时，滑倒在雪地中。一男子将民妇扶起，并送我回到铺子里。民妇坐在铺子的凳子上，他为民妇按摩脚踝。他的一次次按摩令民妇好生温暖。民妇遂以为，此人正是自己期盼之人，便竭尽全力引起他的注意。可是，他却抗拒着民妇。不过，他离开时，民妇料想他会再来。"

陈氏说着，似已又恢复了以往的神气。

"如民妇所愿，他真的又来了！那人就像一团火，对民妇是既爱又恨。他爱民妇，却又因此憎恨自己，是生命之根将我们连在了一起……"

她顿了一下，遂低下头说道，声音颇为疲惫：

"然后，民妇知道，自己要失去他了。他指责民妇损耗了他的精力，坏了他的规矩。他告诉民妇，须得分手……民妇便疯了，没那男子，民妇便无法生活。没了他，便失去了生命之力……民妇告诉他，若离开民妇，民妇便将杀了他，就像杀死我那丈夫一样。"

她一边愁闷地摇摇头，一边继续说道：

"民妇不该说那些话。他的眼神告诉民妇，一切都完了。后来，民妇也知道自己要杀他了，便将毒药放在了干茉莉花里，穿着突厥人的衣服去了他的浴室。民妇谎称是去向他道歉的，要与他好合好散。他看上去很客气，但冷冰冰的，只字未提保守民妇秘密的事。民妇将那茉莉花放到了他的茶杯里。药毒发作时，他可怕地看了民妇一眼，张了张嘴，却说不出话来。民妇知道，他在诅咒自己，民妇输了……老天爷，他是民妇唯一爱过的人……却又不得不杀了他。"

忽然，她抬起头，直直地看着狄公说道：

"民妇也要死了，对于民妇的躯体该如何处置，随你便吧！"

狄公惊恐地发现，陈氏突然变了。她那光洁的脸上爬上了皱纹，眼睛变得浑浊，人突然苍老了许多。她那狂热又桀骜不驯的神色已然消失，只剩下了一个空空的躯壳。

狄公命主簿道："将供词诵读一遍！"

主簿将记录的供词诵读了一遍，此时的大堂里死一般的寂静。

狄公问道：

"此乃你的真实供词，你可认？"

陈氏点了点头。班头将供词递给她，她在上面画了押。

狄公宣布堂审结束。

二十四

存疑虑狄公勘墓地
虑重重二上药王山

　　狄公带着三个随从离开大堂，听审百姓中传出一阵阵欢呼声。刚行至回廊道，马荣便在乔泰肩上猛拍一下，三人再也无法抑制激动的心情。直到众人走进二堂，陶干还在笑个不停。

　　可是，当狄公转身看向众人时，众人吃惊地发现，狄公的脸色跟在大堂上一样冷峻。

　　狄公平静地说道：

　　"这一天过得真慢，乔泰和陶干去休息一下吧。马荣，我还不能让你走。"

　　乔泰跟陶干一脸茫然地退下。狄公拿起他写给州府刺史的信撕碎，扔进了火炉里。他静静地看着，直到信燃成灰烬。然后，

205　　　　・

他吩咐马荣道：

"去换上你的猎装，马荣。到院子里备两匹马。"

马荣彻底懵了。他本想问这是为什么，可看到狄公的神情，便默默地出去了。

院子里，大雪纷飞。狄公抬眼看了看铅色的天空，对马荣说道：

"我们要快点儿，这天很快就黑下来了。"

狄公将围脖围住了下巴，飞身上马。二人从侧门离了县衙。

他们骑马走过大街上，尽管天下着雪，寒风凛冽，但仍有许多人聚在街边的摊位旁。人们聚在临时的油布棚下，热切地讨论着衙门里轰动的堂审，没人注意这两个骑马路过的人。

等他们到了北门，原野上吹来的寒风直打在脸上。狄公用鞭柄敲了敲城门守卫的房门。出来一个士卒，他命士卒给马荣一个厚油纸做的防风灯笼。

出了城门，狄公二人骑马一路向西。天色渐渐暗了下来，雪似乎也小了些。

马荣有些担心地问道：

"大人，我们要走远吗？这天气，到山里会迷路的！"

"我认得路，很快就到了。"狄公大声应道。

他策马奔上通往墓地的路。

等二人到了墓地，狄公按辔徐行，仔细观察着一个个坟冢。他们经过被掘开的陆明的坟头，又继续向墓地深处行进。行了一段路，狄公下了马。马荣紧跟其后。

狄公走在坟冢间，口里喃喃自语。突然，在一个大墓前，他停下脚步。他用袖子擦了擦墓碑上的雪，看到上刻着王字，便对马荣说道：

"就是这儿。帮我打开这个墓门，我的鞍囊里有两把短锹。"

狄公和马荣挖开墓门底座周围的雪和土，接着又去挖开墓门。这是个不小的体力活儿。等他们将墓碑向前放倒时，天已完全黑了，厚厚的云层遮住了月亮。

虽然天气寒冷，狄公却在流汗。他接过马荣手里的灯笼，弯腰进了墓室。

墓室里十分憋闷，异常安静。狄公举起灯笼，看到墓穴里有三口棺材。他仔细看了看上面的刻字，然后走到右边那个棺材的一头，不由自主地压低了声音，对马荣说道，"拿着灯笼!"

马荣奇怪地看了看狄公。在跳动的灯笼照射下，狄公显得有些憔悴。他从衣袖里取出一个凿子，以铁锹当锤子，开始撬动那棺木的盖子。墓室里响起了空洞的敲打声。

狄公吩咐马荣说，"去另一头儿撬!"

马荣放下灯笼，将铁锹插入棺盖的缝隙里，可此时他脑子里一片混乱。

他们在掘墓。狭小的墓室中虽然不冷，可马荣却不停地发抖。

也不知道他们在棺材上鼓捣了多久。等终于将盖板撬松时，两人已累得腰酸背痛了。他们用铁锹当杠子，终于将棺盖打开了。

"将盖板放右边!"狄公喘着气说道。

他们用力一推，盖板咣当一声掉到了地上。

狄公用围脖掩住口鼻，马荣也学样掩住了口鼻。

狄公又将灯笼举到了开着的棺材上，见里面躺着一具骷髅，散落的骨头上覆盖着腐烂的裹尸布。

马荣后退了一步。狄公将灯笼递给他，然后弯下身子，仔细查看那骷髅头。他发现骷髅头已脱落，便将它从棺材里拿出来仔细查看。在明灭不定的烛光下，马荣感觉那骷髅头上两个空空的眼窝仿佛是在对着狄公奸笑。

忽然，狄公摇了摇那骷髅头，便听到金属撞击的声音。狄公察看一下骷髅的头顶，又用手摸了摸。然后，他又小心地将那骷髅头放到了棺材里。接着，他重重地说了一声，"好了，我们走。"

他们弯腰从墓室里出来。此时云已散开，一轮圆月挂在天空，在那荒凉的墓地里洒下一片银光。

狄公拿出灯笼，说道：

"将墓碑安好吧。"

他们又花了好长时间，方将墓碑放回原位。狄公又把雪和泥铲回墓地，然后上马离了墓地。

等两人骑马到了墓地入口，马荣再也禁不住好奇，问狄公道：

"大人，那里埋的是谁呀？"

"明日你便会知道，"狄公答道，"明日上午升堂，我会开始审理另一桩谋杀案。"

回到北门，狄公勒住马，说道：

"雪停了，夜色不错。你先回衙吧，我到山间骑马溜达一下，醒醒脑。"

马荣还未来得及说话，狄公便已调转马头，策马离去。

他骑马向东，一路来到了药王山脚下。他勒马停下，仔细看了看地上的雪迹，随后便下了马。他将马拴在了树桩上，便开始往山上走。

山顶断崖处，一个身着灰色披风的纤细身影站在栏杆边，望着下面的原野。

听到靴子踩在雪地里的声音，她慢慢地转过身来，然后静静地说道：

"我知道你会来这儿的，我在这儿等你。"

狄公站在她面前，默不作声。她飞快地说道：

"看，你的袍子都脏了，靴子上满是泥！你去过那里了？"

"是的，"狄公缓缓答道，"我去了那儿，跟马荣一道。那桩谋杀案还须再过堂审。"

她瞪大了眼睛。狄公避开她的眼睛，不知该说什么才好。

她拉紧身上的披风，然后冷冷地说道，"我知道这一天迟早会来，不过……"她顿了一下，又悲切地说道，"你不明白……"

"我明白！"狄公怒气冲冲地打断了她的话，"我知道是什么让你在五年前做了那事，我知道你……我知道你为什么告诉我。"

令人诧异的是，她并未答言，只默默地抽噎不已。

狄公继续说着，声音有些哽咽。"律法必须恢复，即使……要毁灭的是我们自己。相信我，律法重过我们的生命。未来的日子对你会是人间炼狱……对我也是。我曾乞求上天，可否不要这样做。可是我不能……是你救了我! 请你……原谅我!"

"别说了!"她叫了起来。然后,她眼泪中含着笑意,温和地说道:

"我自然知道你要做什么,否则我也不会告诉你。我绝不是想让你做另外一个自己。"

狄公想要说点什么,却激动得说不出话来。他绝望地看了她一眼。

她避开了他的目光。

"别说话!"她喘息着说道,"别看我。我受不了看到……"

她将脸埋在手中。狄公静静地站着,觉得仿佛有一把冰冷的剑刺向了胸口。

突然,她抬起头。狄公本想说点什么,可是她急忙将手指放到了嘴上,颤抖着双唇微笑道:

"别! 安静! 你可还记得,花瓣落在雪地上?若我们听,可以听到花落的声音……"

她欢快地指了指狄公身后的树,匆匆说道:

"你看,今日花开了! 你看呢!"

狄公回身抬头一看,眼前的美景令人窒息。蜡梅树矗立在月光下,在夜空中格外美丽。小小的红色花蕾似闪闪发光的红宝石,挂满了银色的枝头。寒冷的空气中一阵微风拂过,几片花瓣飘然落下,缓缓落在了雪地上。

突然,他听到身后传来木头断裂的声响。他急忙转过身去,却只看到那栅栏断处有一个缺口。悬崖上只剩下他一个人。

药王山上的最后一面（高罗佩　绘）

# 二十五

二堂内仵作坦前情
二钦差北州宣任命

熬过一个痛苦的夜晚，次日早晨，狄公很晚才醒来。

送来早茶的衙役悲伤地说道："大人，仵作的老婆出事了。昨天傍晚，她如往常一样到药王山上去采草药。她必是靠在了栅栏上，可是栅栏断了。一大早，有猎人在悬崖下面发现了她的尸体。"

狄公唏嘘不已，遂命他唤来马荣。

衙役离开后，狄公对马荣严肃地说道："昨夜我犯了个错，马荣。不可向人提起我们到过墓地一事。忘了这回事！"

马荣大脑袋一点，平静地说道：

"我头脑不灵活，大人，我能做的便是听命。若大人您说

'忘了'，我便忘了。"

狄公深情地看了他一眼，遂让他退下。

此时，敲门声响起，郭药师走了进来。狄公急忙起身迎上前去，诚挚地向他表达了自己的关切与慰问。

郭药师看着狄公，眼睛里满是悲伤。接着，他平静地说道：

"这不是意外，大人，我老婆对那地方了如指掌，那栅栏也很结实。我知道她是自杀的。"

狄公眉毛一扬。他照旧平静地说道：

"大人，我犯有大罪。当初向内人求亲之时，她曾告诉我说，她杀了之前的丈夫。我说那与我无关。因为我知道，她之前的丈夫是个残暴的畜生，以伤人害兽为乐。我以为，此等人理应被除掉，尽管我本人缺乏这样的勇气。大人，我是个不堪大用之人。"

他有气无力地抬了抬手，接着又道：

"当时，我并未问及细节，之后也再未提及此事。可是，我知道她总是想到此事，并为此事所困。我本应劝她去自首认罪，可我是个自私小人，大人。我不敢想，若是失去她……"

他盯着地面，嘴巴抽搐着。

"那你为何此时旧事重提？"狄公问道。

郭药师抬起头来，平静地答道：

"因为我知道，这是她的心愿，大人。陈氏的堂审对她影响极大，她感到唯有自杀方可赎罪。她是一个极为诚挚之妇人，我知道她希望自首，如此来世她便是清白之身。因是之故，我前来向您禀报，也自诉犯有同罪。"

"你可知，你这也是死罪？"狄公问道。

"当然！"郭药师惊讶地说道，"我老婆知道，她死后我也无意再活下去。"

狄公默默捋着胡须。如此诚挚，令他甚感羞愧。过了一会儿，他说道：

"郭药师，人既然已经死了，我便不能再审你老婆的案子。她从未告诉过你，她是如何杀死她之前的丈夫的。我也不能仅靠道听途说去打开坟墓验尸。还有，我想，若你老婆希望她所说的自首，她自然应该留下书面的供状。"

"这倒不假，"郭药师认真地说道，"我没想到这一点。我脑子一片混乱……"然后，他又轻声说道，仿佛在自言自语，"只是太孤单了……"

狄公起身离座，走到他跟前问道：

"那陈氏的小女儿可还在你家里？"

"是的，"郭药师缓缓笑道，"她真是个可人的小家伙，我老婆很是喜欢这孩子。"

"郭药师，如此你的责任便已明了！"狄公毅然决然地说道，"等陈氏的案子一了，你就收养这个孩子做女儿吧。"

郭药师感激地望了狄公一眼，遂又悲伤地说道：

"大人，我甚为难过，第一次尸检时未能注意到那根针，还未向您道歉。我希望……"

"让这件事过去吧。"狄公马上打断了他的话。

郭药师跪下来磕了三个响头，起身仅说了一句："谢谢您，大人。"说罢，他就要转身离去。临走，他又说道："大人，您是个好人，是个了不起的人。"说罢，他起身向门口走去。

狄公惭愧不已，只觉自己的脸好像被鞭子重重抽了一下。

他蹒跚着回到书案前，重重地坐在了椅子上，忽然想起郭药师提到他妻子的疑虑。"欢愉过去一场空。"——其实她是知道那整首诗的。"唉，新欢难平旧日恨……"他伏在桌子上。

过了好久，他又直起身来，多年前跟父亲的一次谈话又闪现在他的脑海中。那还是三十年前，他刚过乡试，便急切地告诉父亲他对未来的打算。"我相信你能走很远，仁杰，"父亲说道，"不过，要准备好承受一路的艰辛！你会发现，那将是孤独的，正所谓高处不胜寒。"他满怀信心地答道："苦难与孤独会让一个人强大起来，父亲！"那时候，他没能理解父亲微笑中的悲伤。可是现在，他理解了。

衙役端了一壶热茶进来，狄公慢慢地喝了一杯茶。忽然，他惊奇地想，生活是如此的奇妙，仿佛一切都未发生过一般。然而洪亮死了，一个妇人和一个男人令自己深感羞愧。自己坐在这儿，喝着茶。生活仍在继续，可自己已然不是过去的自己。生活还要继续，自己却已想着退隐山林。

他感到十分的疲惫，甚至想到了告老还乡后的安静生活。可是此时，他知道还不能这样做。退隐，意味着放弃了，而自己仍需承担责任。他曾发誓要为国尽忠为民效力，再则家中尚有妻小。他不能像一个逃债的懦夫一样，失信于人。他会继续走下去。

如此心意已决，狄公又陷入了沉思。

忽然，门开了，将他从沉思中惊醒。他的三个随从跑了进来。

"大人！"乔泰惊呼道，"京城里来了两位钦差！他们是连夜赶来的！"

狄公吃惊地望了他们一眼，遂命他们将二位钦差迎到客堂稍做休息，说他穿好官服，即刻前去恭迎。

狄公进入客堂，看到两位钦差穿了闪光的锦缎官袍、戴着织锦的官帽，知道他们是大理寺的官员。他心头一紧，跪倒在地，思忖着，看来事关重大。

年长的钦差赶快上前去将狄公扶了起来，恭敬地说道：

"大人，万万不可，下官实在不敢当。"

狄公一脸茫然地被引到了上座。

年长的钦差去到靠近后墙的祭桌旁，小心拿起供在那儿的圣旨。他双手恭敬地举着圣旨，说道：

"请大人读过圣旨。"

狄公起身，躬身接过圣旨，慢慢打开，小心将眼前盖有玉玺的一端举过头顶。

圣旨里自然是御用的一些辞令，说表彰太原人氏狄仁杰十二年来的政绩，特擢升为大理正卿。此乃圣上的诏书，并有御笔朱批。

狄公将圣旨收起，重又放到祭桌之上供奉。狄公面朝皇城方向，伏身叩拜，三拜九叩，以谢皇恩。

待他起身，两个钦差向他深深一揖。

年长者恭敬地说道，"我二人有幸被任命为大人的助手，于是便自作主张，将圣旨拓印多份，交与老主簿，以便张贴全城，以同庆大人升迁。明日一早，我们便护送大人进京。请大人尽早赴任，此乃圣上的旨意。"

"大人您的继任者已经安排好了，今晚便可到达。"年轻一点的钦差补充道。

狄公点了点头。说道："你们可以去休息了，我去二堂整理一下卷宗，以便移交。"

"我们来协助大人吧。"年长的钦差恭敬地说道。

经过大堂时，狄公听到远处传来的鞭炮声。得知县令高升，北州城的百姓已开始庆贺了。

老主簿迎上前来，说衙内众人都候在县衙大堂，等着向狄公祝贺呢。

走上高台，狄公看见主簿、衙役、门丁一应人等都跪在堂案前。这一次，三名随从也在其中。

两名钦差分立狄公两旁，狄公感谢众人在自己北州出任县令期间付出的辛劳，众人依品阶、职位自会获得一份奖励。看着三个忠诚的随从——跟随他多年的朋友，狄公最后宣布，任命马荣和乔泰为大理寺左右都尉，任陶干为大理寺主簿。

大堂上与县衙外欢呼声一片。"县令大人长命百岁！"人们高喊着。狄公却略带伤感地想到，人生如戏啊。

待狄公回到二堂，马荣、乔泰和陶干纷纷要进来表达谢意，可看见两位钦差正帮狄公换下官服，遂赶忙停了下来。

狄公接到圣旨（高罗佩 绘）

狄公远远望着自己的随从，无奈地笑了笑，三人遂赶忙退了下去。随着三人身后的门一关，狄公突然意识到，往日的岁月已然走远了。

年长的钦差递给狄公他心爱的皮帽。一路走来，狄公早已学会了喜怒不形于色。可是，当他看到那顶旧皮帽时，还是禁不住皱了一下眉。

年轻的钦差颇为恭谨地说道："直接被擢升为大理正卿，实乃难得之荣耀啊。这个重要的职位，一般而言，圣上会从资深的刺史中遴选，想来大人刚过大衍之年吧！"

狄公觉得，此人察人不准，自己才刚过四十六岁啊。可当望向镜中时，他吃惊地发现，过去这些日子，黑须已然灰白了。

他整理着案上的卷宗，一边向两位钦差简单解释着。当翻到为农户提供借贷的卷宗时，他禁不住滔滔不绝讲了起来。这是他跟洪亮倾注了大量心血的事情呀。两位钦差恭敬地听着。可狄公很快发现，两人对此根本不感兴趣。他叹了口气，合上了卷宗，想起父亲的话，孤独——高处不胜寒。

县衙门房，狄公的三名随从正围在烧得正旺的炭火旁。他们刚还说起洪亮，而此时却默然无声，只静静地注视着火苗。

过了一会儿，陶干忽又说道："我们可否邀请那两位京官玩会儿骰子！"

马荣抬头，低吼着说道："别再玩骰子了，主簿大人，你要学着过上等人的生活了。谢天谢地，我再也不用看你那油腻的皮袄了。"

"到了京城，我就将它反过来穿，"陶干平静地答道，"还有，我们以后不能再打架了，马荣。再说了，难道你还不想把那些粗活儿交给年轻人吗，兄弟？看你头上都有白发了，兄弟。"

马荣大手摩挲着膝盖，有些伤感地说道，"唉，我得承认，确实感到腿脚有些发僵。"突然，他咧嘴笑道，"可是，兄弟，如我等这般好人，京城定有很多的姑娘等着我们！"

陶干冷冷说道："别忘了，京城里还有许多花花公子呢。"

马荣脸色一沉，用力地挠了挠头。

"闭嘴吧，看你那穷酸样！"乔泰对陶干叫道，"我们上了点儿年纪的人，能安睡一夜就再好不过了。不过，兄弟，还有一样东西我们可以享用！"

他抬起手作势举杯。

"美酒！"马荣喊着跳将起来。"来吧，兄弟，我们到城里最好的酒馆去！"

他们拽起陶干，拥着他朝大门口走去。